Pour mon père

Maxence Fermine

Amazone

ROMAN

Albin Michel

22, rue Huyghens, 75014 Paris
www.albin-michel.fr
ISBN 2-226-15071-4

Car l'Amazone reste le rêve le plus élégant des aventuriers...

I

Nulle part

D'abord la musique d'un piano. Une musique légère, rythmée et colorée d'accords de jazz, qui descendait le long de l'Amazone, caressait de ses arpèges la surface de l'eau, glissait d'arbre en arbre, de feuillage en feuillage et allait lentement mourir sur les berges du fleuve. Ensuite un fleuve immense et profond, charriant des mètres cubes d'eau, si rouge qu'il faisait penser à un torrent de lave. Un torrent de lave se déversant au beau milieu de la plus verte et de la plus gigantesque forêt du monde.

Sur le fleuve, un radeau. Si incongru qu'on ne voyait que lui, comme un point noir sur un mur blanc. Sur le radeau, un piano. De couleur blanche.

Pourquoi blanc, c'est une chose qu'on ne peut pas expliquer. Pas pour l'instant.

Et, devant le piano, assis sur un tabouret, un musicien.

Noir.

La peau noire.

Les cheveux noirs.

Les yeux noirs.

Mais tout le reste, sorti comme par magie d'un catalogue d'exposition d'objets surannés, d'une blancheur éclatante.

Un chapeau blanc.

Des dents blanches.

Un smoking blanc.

Des chaussures blanches.

Seule singularité : un cigare planté entre ses dents. Un havane qu'il fumait tranquillement.

En même temps qu'il fumait, il jouait. Et tout en jouant sa musique, il tapait des talons sur les planches du radeau pour scander la mesure.

Un sacré musicien de jazz, à vrai dire. Sans doute l'un des meilleurs. Il aurait mérité de porter un nom comme Thomas Fats Waller, Thelonius Monk, Herbie Hancock ou Errol Garner. Ses doigts longs et graciles glissaient en voltige sur les touches de l'instrument comme les ailes d'un papillon sur l'air. Un vrai virtuose composant des musiques polychromes sur la palette de son clavier. Ce type-là, quand il se mettait à jouer, même le silence se devait de l'écouter. Et tout le monde de se dire : comment peut-on jouer aussi bien que l'homme au piano blanc ?

Blanc. Le piano était blanc. Ce n'est pas vraiment une couleur. Ni pour un instrument ni pour personne, d'ailleurs. Et pourtant c'était la sienne. Pas ivoire. Pas albâtre. Tout ce qu'il y a de plus blanc.

Teinte singulière pour un piano de cette taille et de cette qualité. En général, le noir leur sied mieux, leur donne de la prestance, de la noblesse. Et pourtant c'est cela qui le rendait irréel et magique. Comme si, tout à coup, de le savoir aussi pur, virginal et presque invisible, on lui prêtait une importance particulière.

Tout ça pouvait paraître insolite, bien sûr, et en un sens, ça l'était. D'où sortait ce piano ? Que faisait cet homme, perdu au milieu du fleuve dans la splendeur du soleil et la moiteur de cette jungle atroce ? Et quel était son nom ?

Et sa musique ? Une musique comme ça, tellement vive et dansante dans un lieu aussi sauvage que la forêt amazonienne. Un peu comme si Louis Armstrong avait joué de la trompette sur la Lune.

Le noir contre le blanc. Le jazz contre le silence. La musique contre le vide.

Quelque chose de beau.

Juste pour commencer cette histoire.

Cette musique, on pouvait l'entendre de la taverne Rodrigues.

Ce n'était pas à proprement parler une taverne, juste un amas de planches rongées par l'humidité, brûlées par le soleil, et qui tenait debout par miracle. Sise sur les bords du Rio Negro, pareille à un bateau encalminé qui aurait jeté l'ancre par dépit ou par lassitude après des années d'errance et de voyages incessants sur tous les continents, échouée là par hasard, en attente d'un naufrage qui ne viendrait jamais, elle disputait aux missions religieuses le privilège de rassembler, à l'heure de la messe dominicale, autant de païens qu'il y avait de fidèles dans les églises.

Dans la taverne, il y avait une cinquantaine d'hommes et trois prostituées dont une métisse, très belle, Julia. Cinquante hommes occupés à jouer aux cartes, à chiquer du tabac et à boire de la cachaça. Cinquante hommes qui faisaient un tintamarre du diable, les yeux enflammés, rougis par les vapeurs d'alcool et la fumée des cigares, sombrant peu à peu dans une ivresse dont ils ne parvenaient plus à se défaire.

Unique transition entre le monde inquiétant et inhospitalier de la jungle amazonienne et la chaleur suave d'un lupanar latino-américain, la taverne ne désemplissait jamais, havre de paix et ultime recours pour le voyageur égaré ou le chercheur d'or exténué. Son fronton s'enorgueillissait d'une superbe lampe à pétrole qui brillait éternellement, comme un phare guidant les âmes en déroute. Une lueur qu'on apercevait de loin et qui indiquait le lieu précis où finissait l'enfer de la jungle et où commençait le paradis de l'homme.

Un lieu où le silence n'avait pas droit de cité.

Et pourtant, dès que la musique venue du fleuve glissa dans l'air et s'infiltra par les interstices des planches vermoulues de la taverne, tous se turent et dressèrent l'oreille.

D'abord Julia. Belle, d'une beauté à vous couper le souffle : les pieds nus pour mieux danser, des cuisses galbées comme celles d'une gazelle et les fesses pareilles à deux lunes fermes, argentées, juste de quoi remplir le creux des mains. Elle avait aussi la peau brunie par le soleil, la taille fine et les seins hauts, une bouche comme un fruit et des yeux de chat abyssin. Une métisse. La plus belle. Elle dansait et virevoltait d'un bout à l'autre de la pièce en faisant tournoyer sa robe. Elle savait faire cela très bien, d'une façon un peu provocante, c'est vrai, mais elle était née pour danser et ceux qui la regardaient ne pensaient pas à s'en plaindre.

Soudain, elle dressa l'oreille. A cause de la musique au-dehors. C'était si beau à entendre que Julia se figea, là, au milieu de la pièce, comme si elle venait d'être changée en statue de sel.

A cet instant précis, le colonel Rodrigues leva la main et, aussitôt, le silence se fit.

– Écoutez ! dit-il.

Et tout le monde écouta.

Au début, ce ne fut qu'un murmure lointain, à peine un tintement. Puis, peu à peu, le son se rapprocha et emplit la pièce.

– Tiens, voilà la cloche du bateau du vieux Cimbres qui se met à sonner, dit un seringuero édenté.

Et, après avoir vidé son verre et essuyé du revers de la main la sueur qui gouttait à son front, il se remit à sa partie de cartes. Son adversaire le dévisagea en souriant, comme s'il le prenait pour le dernier des imbéciles de toute l'Amazonie.

– Pas du tout, Chico. Ce bruit-là, c'est tout simplement un hurlement de singe.

Un chercheur d'or, aussi ivre que s'il venait de fêter la découverte du plus grand filon d'Amérique du Sud, se mit à crier :

– Mais non, je vous dis que ce sont les sirènes du fleuve qui se mettent à chanter !

En réalité, personne n'identifiait ce son étrange, parce que, en ce lieu perdu de la plus grande forêt du monde, il faut bien l'avouer, personne n'avait l'oreille musicale. La seule mélodie qu'ils avaient l'habitude d'entendre était le chant des oiseaux le matin à l'aube et le cri des aras le soir au crépuscule.

Le bruit se rapprocha encore. Il enfla et grandit comme une plante gorgée de pluie. Certains comprirent alors qu'il s'agissait de musique. Une musique irréelle et belle. Une musique comme jamais personne n'en avait entendu sur les berges du fleuve. Un air qui, à n'en pas douter, provenait d'un instrument d'une facture particulière nécessitant de solides connaissances techniques et des années d'élaboration, voire des siècles, avant de parvenir à une telle maîtrise et à un résultat aussi étonnant. En un mot, un instrument fabriqué par la main de l'homme.

Cerveza, accoudé derrière le comptoir, un verre de bière à la main, ouvrit de larges yeux d'un bleu intense et déclara avec son flegme et sa bonne humeur habituels :

– Je ne suis pas musicien, mais ça, je peux vous dire qu'il s'agit du son d'un piano.

Albert Cerveza Amrein était un Suisse échoué en Amazonie suite à un concours de circonstances aussi inexplicable que fortuit, et qui, pour tromper son ennui, occupait la fonction de barman. Il était sans doute le seul à Esmeralda à savoir comment fabriquer de la bière et à posséder l'art et la manière d'en boire plus de dix litres sans tomber ivre mort, ce qui lui conférait une aura prestigieuse et lui donnait un pouvoir incommensurable sur le tas d'ivrognes qui avaient leurs habitudes à la taverne.

– Un piano, sur le fleuve ? Tu as perdu la tête ! tonna Rodrigues.

– Je vous jure, colonel, que c'est la vérité.

Ici, tout le monde appelait Rodrigues colonel, qu'on fût son employé ou non – cela remontait au temps de son passé glorieux, quoique révolu depuis fort longtemps – et c'était la règle à observer si on ne voulait pas lui manquer de respect et risquer de finir avec une balle entre les deux yeux, avant de pourrir dans quelque recoin secret de la jungle.

– Et d'où veux-tu qu'il vienne ce fichu piano, espèce d'abruti ? Du fleuve, peut-être ?

Cerveza trempa ses lèvres dans son verre et, tout en dodelinant de la tête et en fixant les beaux yeux de Julia, il déclara en souriant :

– C'est peut-être un poisson-piano.

La métisse étouffa de rire. Mais Rodrigues, lui, n'avait pas le cœur à plaisanter. Mordillant son cigarillo, il prit l'assistance à témoin et trancha d'un ton sec :

– S'il y a un piano ici, je veux bien me faire châtrer !

Des voix reprirent en écho :

– Sacré Cerveza ! Un poisson-piano !

– Ouais, pourquoi pas une pieuvre à coulisse ?

– Ou un espadon à six cordes ?

Les rires fusèrent dans la salle à l'encontre du Suisse. Tout le monde l'aimait bien, mais il fallait bien avouer que l'alcool lui faisait quelquefois perdre la tête.

– Sûr, colonel, que c'est bien un piano !

La musique était de plus en plus distincte.

– Pas de chance pour vos couilles, colonel, parce que cette fois je crois que Cerveza a raison. Venez voir ça et pincez-moi si je rêve.

C'était la voix de Jesus Diaz, le pêcheur de piranhas. Et si une chose était certaine, c'était bien que Jesus Diaz n'était pas homme à rêver tout éveillé.

– Qu'est-ce que tu dis ? demanda Rodrigues en se tournant vivement vers celui qui venait de troubler la tranquillité d'Esmeralda et se tenait debout sur le seuil, comme une moisissure née de l'humidité de la jungle.

Jesus Diaz ôta son chapeau de paille, sourit de toutes ses dents jaunes, et lança à la cantonade :

– Je dis qu'il y a un piano sur le fleuve.

Sur les pas de Jesus Diaz, Rodrigues et ses hommes sortirent de la taverne les uns derrière les autres, comme pour une procession. Intrigués, ils s'approchèrent de la rive et virent ce spectacle étrange : un radeau glissant lentement sur les eaux, transportant un piano à queue, un tabouret et un musicien.

Le fleuve était rouge, le musicien noir et le piano blanc. Curieux tableau, en fait. Avec, çà et là, quelques zones d'ombre comme pour créer une illusion et souligner davantage l'éclat des couleurs : nappes de brouillard s'élevant du fleuve ; volutes de fumée sortant de la bouche du musicien ; tourbillons de notes s'échappant du piano blanc. Et l'ensemble avançait au même rythme que la musique, une musique qui glissait et se répandait dans la jungle comme un long serpent aux harmonies multicolores.

– Un piano, ici ?

– Et blanc, en plus !

– C'est un mirage !

– Je ne crois pas qu'il puisse s'agir d'un mirage.

– Alors qu'est-ce que c'est ?

– Un piano, tu vois bien !

– Non, je veux parler de ce qu'il joue, ce type. Qu'est-ce que c'est ?

– Jamais entendu ça, même dans les meilleurs bordels de Manaus !

– En tout cas c'est très beau !

– Ça me donne des frissons.

– Et moi envie de pleurer.

– On dirait qu'il a quatre mains tellement ça va vite !

– Tu crois que c'est humain ce qu'il fait ?

– Je ne sais pas.

– Moi non plus.

– Tu veux dire que tu penses à un esprit ?

– Va savoir. Ici, tout est possible...

Mais la voix de la raison se fit bientôt entendre.

– J'ai déjà entendu un pianiste jouer comme ça, une fois, à Belém. Et je peux vous jurer que ce n'était pas un fantôme !

Tous les regards se tournèrent vers celui qui venait de parler. Le colonel – puisqu'il s'agissait de lui –, apparemment indifférent à ce qui se passait alentour, sortit un cigarillo de sa poche, le porta à sa bouche, gratta une allumette sur la semelle de sa botte et l'enflamma. Puis, après l'avoir éteinte d'un souffle, il jeta l'allumette au sol et, tout en fumant, marcha en direction du ponton. Les hommes, sans un mot, s'écartèrent sur son passage. Ses pas résonnèrent avec fracas sur l'embarcadère, faisant crisser et ployer les lattes de bois sous le poids de son corps. Lorsqu'il fut arrivé à l'extrémité du ponton, là où d'ordinaire était amarrée l'unique embarcation du village, il inspecta l'horizon.

Du rivage, une voix s'éleva.

– Qu'est-ce qu'on fait ? demanda Jesus Diaz.

Le colonel se retourna vers lui et répondit d'une voix ferme.

– Rien. Pour l'instant, on ne fait rien. On attend de voir.

Sur le fleuve, le radeau en dérive s'approchait

lentement, et bientôt on put le distinguer plus aisément. Il s'agissait moins d'un radeau que d'un morceau d'épave tournoyant sur lui-même, au gré des éléments et de la musique.

– Alors qu'est-ce que c'est, colonel, si ça n'est pas un piano ? intervint Cerveza.

Rodrigues fit la moue et rétorqua :

– D'abord c'est pas un piano ordinaire. Et puis cette musique...

– Quoi ?

Rodrigues ôta le cigarillo de sa bouche, lança un crachat noirâtre dans le fleuve, et articula :

– Ça, c'est ce que j'appelle de la musique de nègre !

Le colonel Rodrigues, patron de l'unique taverne du village d'Esmeralda, à quelque quatre cents kilomètres à l'ouest de Barcelos, sur le Rio Negro, ne connaissait que la mélodie de sa vieille caisse enregistreuse dont il jouait à loisir dans sa taverne, surtout les samedis soir, quand les seringueros venaient dépenser leur paie à boire de la bière, du rhum ou de la cachaça. Seuls le tintement sonore du tiroir-caisse qui s'ouvrait, puis le claquement sec lorsqu'il se refermait possédaient pour lui un charme indéniable. Mais de là à imaginer un piano sur le fleuve...

Et pourtant, il fallait reconnaître que Cerveza et Jesus Diaz avaient raison. Devant lui il y avait bien un radeau et, sur le radeau, un musicien noir jouant du piano.

Rodrigues enfourna à nouveau son cigarillo dans sa bouche et maugréa :

– D'où sort ce dingo ?

Cinquante paires d'yeux regardaient le fleuve sans vraiment comprendre ce qui se passait. Un pianiste égaré dans l'un des coins les plus reculés de toute l'Amérique du Sud et, de plus, sur un radeau, ce n'était pas quelque chose qu'on avait coutume d'apercevoir tous les jours.

Soudain, le silence se fit. Le musicien, lorsqu'il vit tous ces spectateurs alignés sur la berge et formant un comité d'accueil bien singulier, cessa de jouer. Il se leva de son tabouret et leur adressa un signe de la main. Pas de réponse. Qu'à cela ne tienne. Se saisissant d'un long bâton faisant office de rame, il dirigea le radeau vers la rive.

Lorsqu'il ne fut plus qu'à quelques mètres d'eux, Jesus Diaz lui jeta une amarre. Le musicien put enfin quitter son radeau et sauter à terre.

– D'où sort ce dingo ? répéta Rodrigues en quittant le ponton et en rejoignant la terre ferme.

Les poings sur les hanches, son ventre proéminent lui servant de balancier pour tenir en équilibre et ne pas rouler dans le fleuve, il contemplait la scène d'un œil mauvais. Cerveza se pencha vers lui et lui glissa à l'oreille :

– Probable qu'il vient tout droit de Caracas ou de Bogota.

Cerveza n'avait peut-être pas tort. L'homme vêtu d'un smoking blanc ne pouvait être de la région. On aurait dit qu'il sortait tout juste d'une soirée mondaine et n'avait pas eu le temps de se changer. Même pas eu le temps, d'ailleurs, de poser son piano quelque part, ni de finir son cigare tranquillement avant de se trouver là. En quelque sorte, cet homme venait d'un monde qui n'était plus le leur depuis bien des années. Un monde où les hommes possédaient encore le goût d'un certain art de vivre, se rasaient de frais, cultivaient l'élégance et le raffinement.

Le musicien semblait heureux, il souriait et serrait la main à tous avec franchise. Il était grand, massif et plutôt sympathique.

Quand il se présenta devant Rodrigues, il

souleva son chapeau et déclara dans un sourire presque aussi large que le clavier de son piano :

– Eh bien, messieurs, je peux vous avouer que je ne suis pas fâché d'être enfin arrivé à destination.

Le colonel Rodrigues adressa un regard glacial au musicien. Cet homme aux habits immaculés, aux ongles manucurés et qui portait sur lui un parfum enivrant, de ceux dont les femmes se parent parfois avant l'amour, ne lui inspirait visiblement aucune confiance.

– D'où sors-tu, étranger ?

Du revers de la main, le musicien épousseta son smoking recouvert de poussière, puis tira sur son cigare – non pas brutalement mais avec un certain raffinement, montrant par là son plaisir de goûter à l'exquis – et avoua :

– Si je vous le dis, j'ai bien peur que vous ne me croyiez pas.

Rodrigues ajouta d'un air amusé :

– Dis toujours.

L'homme, d'une main agile et experte, fit

danser son cigare autour de lui, comme une luciole dessinant des arabesques d'or sur la toile verte de la jungle, et annonça fièrement :

– *Belém !*

Le colonel devint livide. Ce nom lui rappelait de trop cruels souvenirs pour se réjouir de cette rencontre fortuite qui le mettait en présence d'un des fantômes de son passé.

– Tu veux dire la ville de Belém ?

– Non. Le *Belém*. Le bateau qui porte ce nom.

Soulagé, Rodrigues expira longuement l'air qu'il avait un temps tenu verrouillé dans ses poumons.

– Celui qui fait le trajet entre Manaus et San Carlos ?

– Oui, celui-là.

– Et qu'est-ce qu'un type comme toi fichait à bord du *Belém* ?

Nouvelle bouffée de fumée de la part du musicien, cette fois en plein visage du Brésilien, comme pour mieux le faire enrager. Et pourtant, il semblait n'y avoir aucune provocation de sa part. Simplement de l'inconscience. De la légèreté et de l'inconscience.

– Rien. J'étais à bord.

Le colonel lorgna sur l'instrument qui tanguait toujours sur le radeau.

– Avec le piano ?

Le musicien leva les yeux au ciel, sembla réfléchir, puis son regard s'illumina.

– Oui. C'est le seul bagage que je possède.

Quelques-uns, étonnés par la truculence et l'originalité du personnage, se mirent à rire. Rodrigues, légèrement énervé par le tour que prenait la conversation, continua à le questionner :

– Que s'est-il passé ?

Tous les hommes présents regardaient le nouveau venu avec une curiosité non dissimulée, mais le musicien ne paraissait pas s'en préoccuper outre mesure, ne semblait pas comprendre combien il était l'objet de toutes les attentions, combien il intriguait, dérangeait et chamboulait leur quotidien.

– Le bateau a sombré avant d'arriver à San Carlos.

Un murmure parcourut l'assistance.

– Il a coulé, tu dis ? Le *Belém* ?

– Oui. Lui-même.

– C'était pourtant un gros bateau. Pas une coque de noix, fit remarquer Jesus Diaz.

– C'est vrai, continua Rodrigues, ça faisait quinze ans qu'il effectuait la navette et il n'avait jamais connu de gros problèmes, à part une ou deux avaries à la saison des pluies quand le courant était devenu trop violent.

Le musicien les regarda avec une grande tristesse, et aussi un peu de condescendance parce qu'ils vivaient en pleine jungle parmi les singes, les pécaris, les serpents et les fauves depuis de longues années.

– Il a tenu bon pendant quinze ans, mais là, désolé, il a coulé, votre fichu bateau. Comme du plomb.

D'un seul mouvement de l'index, il fit tomber la cendre de son cigare sur le sol pour illustrer son propos.

– Comme ça.

Devant la force de l'image, les gorges se nouèrent et chacun s'imagina en train de sombrer avec le bateau dans les eaux boueuses du fleuve par une nuit sans lune.

– Où ça, exactement ? reprit Rodrigues.

– Après Içana. Juste avant l'embouchure de

l'Uaupés. Mais je n'en suis pas si sûr. C'était peut-être avant. Je connais assez mal cette région...

– C'est vrai, ajouta Cerveza, quand on est pas du coin, tous ces affluents se ressemblent comme si c'était le même type qui avait pissé dedans !

Le barman partit d'un grand éclat de rire, mais comme Rodrigues, insensible au moindre humour, le fusillait du regard, il se tut aussitôt.

– Comment une chose pareille a-t-elle pu arriver ? reprit le colonel.

Le musicien s'épongea le front avec un carré de tissu en flanelle grise. Enfin, après avoir soigneusement replié et rangé le mouchoir dans sa poche, il daigna répondre :

– Je ne peux pas vous dire comment ça s'est passé parce que, moi, je n'ai rien vu. Absolument rien.

Rodrigues prit un air étonné.

– Et pourquoi tu n'as rien vu ? Tu y étais bien, sur ce bateau...

Le musicien, ignorant la question qui venait de lui être posée, jeta un coup d'œil à la taverne et à ses alentours, fit une horrible grimace et demanda :

– Au fait, où suis-je, ici ?

– A Esmeralda.

L'homme sursauta.

– Esmeralda ? Vous en êtes certain ?

– Oui, tout à fait, répondit Rodrigues en riant. C'est même moi qui ai choisi ce nom.

– Dans ce cas, pourriez-vous me le situer plus précisément d'un point de vue géographique ?

Rodrigues allait se lancer dans des explications hasardeuses et imprécises, illustrées de grands gestes de la main, quand le musicien sortit de la poche intérieure de sa veste un parchemin qu'il déplia et posa sur un rocher. Tous se penchèrent et découvrirent avec beaucoup d'intérêt une carte en vélin sur laquelle était inscrit, en gros caractères, un titre en latin :

AMAZONAS

Il s'agissait en fait d'un relevé topographique assez précis du nord-ouest de l'Amazonie, une région qui chevauchait trois pays à la fois : le Brésil, la Colombie et le Venezuela, et qui indiquait le tracé du Rio Negro et de plusieurs de ses affluents, de Barcelos à San Carlos de Rio Negro. Une région bordée au sud par le Solimoes et, au nord, par la sierra de Curupira. La carte mentionnait les noms des trois villes qui bordaient ses rives : Tapurucuara, Içana et San Felipe, mais ne portait nulle trace d'un village appelé Esmeralda.

Avec une curiosité non feinte, tous les hommes présents se penchèrent tour à tour sur la carte.

– Alors, où sommes-nous ?

Tous se regardèrent avec des yeux ronds comme des billes, incapables d'apporter un quelconque éclaircissement à une telle question.

Seul le colonel ne se trouva pas désemparé devant l'objet de toutes les convoitises et répondit avec une feinte ingénuité :

– Exactement, je ne peux pas te le dire, puisque aucune carte ne le mentionne et qu'aucun arrêté officiel n'a été pris dans ce sens par le gouvernement. Mais approximativement, Esmeralda se trouve à cet endroit.

Il pointa son doigt au lieu précis où, le long d'une ligne incertaine frangée d'une quantité d'affluents et de méandres à la sinuosité reptilienne, le Rio Negro, après avoir couru du nord au sud à travers la forêt la plus dense du monde, bifurquait soudainement vers l'est.

– La montagne qui se trouve derrière toi est la sierra Curicuriari. C'est tout ce que je peux te dire. Pour le reste, Esmeralda n'existe pas.

– C'est bien ce que je pensais, dit le musicien en repliant la carte et en la rangeant dans sa poche. Je suis donc arrivé à la première étape de mon voyage.

– C'est-à-dire ? demanda le colonel.

Un long silence. Puis le sourire du musicien – un sourire mêlé de tristesse, d'ironie et de découragement.

– C'est-à-dire que je suis arrivé nulle part.

Trois ans qu'il attendait ça.

Trois années à échafauder en rêve un voyage aux frontières de nulle part, du hasard, des regrets, de la chance, de l'errance, de la folie et du rêve.

Un voyage comprenant en tout et pour tout sept étapes.

Et voilà qu'il venait d'atteindre la première.

Le musicien observa un long moment de silence, juste le temps de prendre en compte ce nulle part et ces hommes sales et répugnants, quand il aperçut le joli minois de Julia derrière l'épaule du colonel.

Julia le caressa du regard et lui demanda :

– Comment le *Belém* a-t-il coulé ?

– Vous désirez vraiment le savoir ?

– Oui.

Après avoir échangé un sourire avec cette femme, il sentit son cœur battre plus fort et reprit le fil de son histoire.

– La nuit, sur le Rio Negro, les eaux du fleuve sont noires et, déjà, il est impossible de voir quoi que ce soit. Or, juste avant le naufrage, la lumière s'est éteinte sur le bateau.

– Dis-nous ce que tu as entendu, coupa Rodrigues.

L'homme s'éclaircit la voix et reprit :

– J'étais descendu à la cale, à cause du piano. Je voulais voir comment il s'en tirait tout seul, s'il sonnait toujours aussi bien. Je croyais que l'humidité l'avait quelque peu désaccordé. J'ai ôté la toile qui le protégeait, caressé le bois du bout des doigts, relevé le couvercle, et j'ai joué. Il était toujours aussi juste. Un véritable velours, une merveille, un bijou d'une telle sonorité qu'il n'existe rien de semblable sur terre...

– Bon, et puis après ? s'impatienta le colonel que ces considérations esthétiques ne parvenaient pas à émouvoir.

– Ensuite, il y a eu un bruit terrible, suivi d'une énorme secousse, puis le bateau a tangué de droite à gauche et a commencé à prendre de la gîte. J'ai compris qu'il se passait quelque chose de grave. Il s'est mis à descendre le fleuve à une vitesse folle, comme s'il avait été pris dans les rapides et que plus personne ne pouvait le diriger. C'est à ce moment-là que la lumière s'est éteinte et que les gens se sont mis à crier. A la fin, le bateau a heurté un rocher et il s'est brisé en deux comme un fétu de paille. J'ai compris que j'allais mourir, alors j'ai joué, joué sans m'arrêter. Et la chance a été de mon côté, un peu comme si la musique m'avait servi de talisman. Le piano n'a pas coulé. Il est resté bien droit sur cet amas de planches et, tandis que tout le reste du bâtiment sombrait corps et biens, ce radeau de fortune sur lequel je me trouvais a glissé en musique sur les eaux du Rio Negro.

Il observa quelques secondes les visages ahuris de ses auditeurs et termina ainsi son récit, conscient qu'il était temps de leur annoncer l'étendue du désastre.

– Tout le monde a disparu dans le fleuve. Je crois que je suis le seul rescapé.

Un silence, long et pesant, pendant lequel tous accusèrent le coup. Un silence que finit par briser la voix du colonel.

– Évidemment, à cet endroit du Rio Negro, ça pullule de piranhas.

Aussitôt, plusieurs langues se délièrent :

– Et de caïmans !

– Et d'anacondas !

– Et d'anguilles électriques qui t'assomment un cheval en moins de deux !

– Sans oublier les poissons cure-dents !

– En tout cas, c'est pas le lieu idéal pour faire trempette, conclut Cerveza qui parlait en connaissance de cause puisqu'il ne prenait qu'un bain par mois.

Tous acquiescèrent en hochant la tête. Un naufrage de nuit sur le Rio Negro équivalait à la mort assurée.

Rodrigues se signa, ferma les yeux et prit un air contrit, comme il avait l'habitude de le faire enfant lorsqu'il devait se confesser de ses péchés.

– Paix à leur âme.

Chacun l'imita, les paupières closes, la nuque courbée, les traits soudain marqués par une peine qu'ils semblaient porter en eux depuis des années. Certains allèrent même jusqu'à verser quelques larmes et à renifler de chagrin. Puis, jugeant que la comédie avait assez duré, le colonel ouvrit les yeux et dit d'une voix ferme, en dévisageant le musicien avec insistance :

– Ça ne nous dit toujours pas comment, toi, tu as pu revenir vivant de là-bas !

En un sens, Rodrigues avait raison. Il était difficile d'accorder d'emblée un semblant de crédit au récit d'un sauvetage aussi étonnant. Et pourtant, cet homme était bien arrivé par le fleuve.

Sur un radeau.

En jouant du piano.

C'est donc qu'il venait de quelque part. Même s'il lui restait à prouver que ce quelque part était un bateau et que ce bateau était le *Belém*.

– Je vous l'ai dit. Si je suis vivant et que j'ai pu échapper à un tel naufrage, c'est grâce à la musique.

A ce moment précis, un perroquet juché sur un arbre, de l'autre côté du fleuve, émit un cri strident, déchirant le silence inquiétant de la jungle.

Le colonel, peu convaincu par ce récit, resta interdit. Assis sur un sac de café qui traînait sur la berge, il saisit un régime de bananes vertes – il y en avait une cargaison entière débarquée depuis le matin et que Jesus Diaz n'avait pas eu le temps de rentrer à l'entrepôt –, en détacha une, l'éplucha comme l'eût fait un singe affamé et se mit à la dévorer avec voracité. Il réitéra l'opération à deux reprises, puis, enfin rassasié, déclara d'un air entendu :

– Tout cela ne me paraît pas très clair.

Devant le scepticisme ambiant, le musicien tenta de s'expliquer davantage. Mais tout en conservant son flegme habituel, comme si le fait qu'un homme vêtu d'un smoking blanc débarquant dans une petite bourgade perdue du nord-ouest de l'Amazonie en jouant du piano sur un radeau était la chose la plus naturelle du monde.

– C'est bien simple, quand le bateau a coulé, je jouais. Du jazz. Et quand je joue, en principe, il y a deux règles immuables que je respecte à la lettre. La première, c'est que je ne m'arrête jamais avant la fin du morceau. La deuxième, c'est que je deviens indifférent à ce qui m'entoure. Voilà pourquoi le bateau a coulé sans que je m'en aperçoive.

L'assistance, encore hésitante, ne savait qui croire.

– Comment as-tu pu jouer alors qu'il faisait nuit ? demanda cette fois le colonel, bien décidé à trouver une faille. Mais c'était compter sans l'à-propos du pianiste.

– Je n'ai pas besoin de lumière. Je joue toujours les yeux fermés.

Il baissa ses paupières, tendit les bras devant lui et fit danser ses doigts dans les airs, sur un clavier imaginaire. Avec un peu de concentration, on pouvait même entendre les notes qu'il jouait.

– Et, à défaut de voir, tu n'as pas senti que le bateau coulait ?

– Je ne me suis rendu compte de rien.

Le colonel saisit une quatrième banane, fit mine de l'éplucher puis, pris de remords, la reposa sur le sac de café. Le musicien reprit :

– Quand j'ai eu fini de jouer, j'ai ouvert les yeux et j'ai vu que j'étais seul au monde. Il n'y avait plus de bateau, ni de passagers, ni même la moindre lumière. Juste le silence du fleuve. Et moi sur ce radeau, perdu au milieu du Rio Negro. Le monde s'était écroulé autour de moi et je n'avais rien vu. Quand je me suis rendu compte de l'étendue du désastre, il était trop tard pour réagir. Beaucoup trop tard. Alors j'ai continué à jouer jusqu'à ce que j'arrive ici. C'est tout ce que je peux vous dire du naufrage du *Belém*.

Le récit du pianiste fut suivi d'un grand silence. Plus personne n'osait parler. Il n'y avait plus de musique, plus de bruit, plus rien d'autre qu'un monde en suspens. Un homme debout et, face à lui, un auditoire muet tentant d'avaler d'un coup tout cela, la venue insolite d'un radeau, d'un piano et d'un musicien, le naufrage du *Belém*, l'élégance d'un smoking blanc sur une peau noire, l'odeur d'un cigare des Caraïbes, le nacré des touches d'ivoire sous le reflet du soleil, la vision d'un fleuve rouge comme un torrent de lave vomissant un être venu de si loin que l'on ne pouvait dire d'où exactement, et, pour parachever cet amalgame émotionnel dont les effluves venaient de réveiller et de mettre en émoi leurs sens ensommeillés par des années d'isolement, il y avait la musique du jazz.

– Vous avez eu de la chance, beaucoup de chance.

Le musicien se retourna vers celle qui venait de s'exprimer d'une voix si agréable et si douce. C'était Julia. Il lui adressa un sourire plein de désespoir et de tendresse. Un sourire qu'elle lui retourna aussitôt.

– Un peu trop de chance, je crois, coupa Rodrigues d'un ton cassant, en se relevant brusquement et en pointant le doigt vers le pianiste. Cela paraît à peine croyable.

Le visage du musicien s'assombrit. Le fait qu'on pût l'accuser de mentir semblait l'affecter.

– Je peux vous jurer que tout ce que je vous ai dit est l'exacte réalité.

– Peut-être. Mais pour en avoir la certitude, il nous faudrait un témoin.

– Vous voyez bien qu'il est tout seul, colonel !

Rodrigues jeta un regard mauvais à Cerveza qui, pour une raison inconnue, tentait de prendre la défense de cet homme, et ajouta :

– Au fait, quel est ton nom ?

Le musicien fit volte-face, s'approcha lentement de son piano et pointa son doigt au-dessus du clavier :

– C'est écrit là. En lettres noires.

Rodrigues se pencha, mais comme le reflet du soleil l'éblouissait, il eut toutes les peines du monde à déchiffrer les huit lettres qui dansaient devant ses yeux.

– C'est trop petit, je ne vois rien. Cerveza, qu'est-ce qu'il y a d'écrit, là ?

Le barman, docile, s'avança et se pencha au-dessus de l'instrument.

– Mais c'est le nom du piano, ça. Tu portes le même nom que ce piano ?

– Oui. Lui et moi, nous sommes inséparables.

Rodrigues commençait à s'impatienter.

– Alors, quel est ton nom ?

Le musicien noir, tout de blanc vêtu, se

tourna vers lui, lui jeta un regard angélique et, tout en faisant rouler son cigare entre ses doigts avec une grâce qui n'appartenait qu'à lui, répondit :

– Je m'appelle Steinway[1]. Amazone Steinway.

1. Steinway est une marque de pianos prestigieuse. *(N.d.E.)*

II

Le hasard

Rodrigues n'aimait pas les étrangers et il se méfiait quand il voyait débarquer une nouvelle tête au village. Les gens d'ici disaient que cela remontait au temps où il avait fui la côte Est du Brésil parce que sa tête y était mise à prix. Depuis, il vivait dans la crainte qu'on cherchât à retrouver sa trace et à l'éliminer.

C'est pour ça qu'il se mettait à trembler dès qu'un nouveau venu apparaissait sur le fleuve.

Malgré cette crainte, née d'années d'inquiétude, de surveillance constante et de nuits d'insomnie, qui avait contribué à faire de chaque visiteur un ennemi potentiel, le colonel Rodrigues invita Amazone Steinway à entrer à l'intérieur de la taverne.

– Je suppose qu'après toutes ces péripéties, tu dois avoir soif.

– Je vous avoue que j'accepterais volontiers un verre.

– Alors je t'invite à boire le premier avec moi.

Puis, faisant volte-face, il s'adressa à ses hommes :

– Pendant ce temps, vous autres, transportez le piano au sec !

Amazone Steinway, toujours aussi impassible, ajouta tout de même :

– Merci de votre aide, colonel. Quant à vous, messieurs, la seule chose que je vous demande, c'est de veiller à ne pas endommager l'instrument. Il a suffisamment souffert comme cela.

Après ces dernières recommandations, les deux hommes quittèrent la berge et gravirent le petit escalier de pierre qui menait à la terrasse de la taverne. Un escalier abrité du soleil par deux rangées de palmiers aux feuilles si larges que l'on devait courber l'échine pour passer sans risquer de se couper le visage sur l'arête acérée des palmes. Parfois aussi, si on jouait de malchance, on pouvait recevoir sur le crâne des grappes de fourmis rouges grosses comme le doigt dont le jeu favori était de se laisser tomber du haut des arbres et de vous piquer au visage en vous causant d'atroces démangeaisons. C'était là le prix à payer pour parvenir enfin sur la terrasse de la taverne, ceinturée d'une balustrade en bois de palissandre, et disposer d'une des vues les plus éblouissantes sur le Rio Negro.

Un paysage de carte postale que le musicien se plut à contempler pendant de longues minutes. Devant lui se profilait la forêt couleur d'émeraude à perte de vue et, au centre, le fleuve aux eaux rouges, telle une large cicatrice naturelle allant s'amenuisant au fur et à mesure qu'elle se rapprochait de la ligne d'horizon et s'éloignait de la folie des hommes.

La voix de Rodrigues le tira de sa rêverie.

– Entrons à l'intérieur. Nous y serons plus à notre aise pour parler.

Amazone se retourna et vit que le colonel se tenait sur le seuil, sous une défense gigantesque – sans doute celle d'un narval – et qui servait d'ornement à la porte d'entrée. Sur la terrasse, à côté de quelques tables et chaises, trônait un vieux canot peint en vert et rouge, sur lequel on avait jeté un filet de pêche hors d'usage.

Bien qu'il s'en défendît et qu'il le jugeât d'un confort rudimentaire, voire spartiate, Amazone commençait à trouver à ce lieu un charme indéniable.

Sans un mot, il pénétra à son tour dans la taverne.

Transporter le piano à terre. Plus facile à dire qu'à faire. Voilà ce que se disait, en cet instant précis, Jesus Diaz qui, debout sur la rive, regrettait déjà amèrement la confiance que lui avait accordée le colonel en lui attribuant cette tâche.

Les rives étaient boueuses, le radeau sans cesse ballotté par les eaux, et le piano, un modèle Steinway à queue, huit octaves et demie, pesait bien une demi-tonne. C'était un instrument majestueux, un de ces objets qui deviennent magiques dès lors qu'on les place dans un environnement hostile, un lieu comme Esmeralda.

Son clavier était fait de touches en ivoire, sa table d'harmonie composée d'épicéa, les pièces du sommier, de la mécanique et des chevalets, quant à elles, étaient en érable. Quant à sa finition, en merisier laqué de blanc, elle lui donnait un prestige inégalable.

De cela, de toute évidence, Jesus Diaz et les autres péons n'avaient aucune conscience précise, mais dès lors que le piano blanc fit irruption dans leur morne existence, il prit une dimension sacrée, comme un objet de rite déposé sur l'autel et que l'on destine à servir l'offrande à Dieu. Et Amazone Steinway, l'instigateur d'un tel bouleversement – qu'ils ressentirent comme un cataclysme –, devint à leurs yeux quelque être supérieur, sorcier ou magicien.

C'est pourquoi, lorsque le musicien eut disparu dans la taverne, les hommes restés sur le rivage observèrent un silence religieux, comme pour mieux se recueillir et mesurer toute l'importance de la venue d'un tel homme parmi eux.

Un *deus ex machina*. Voilà ce qu'était Amazone Steinway. Un être dont l'apparition féerique sur le fleuve resterait à jamais dans leur imaginaire comme une légende qu'on se raconterait de génération en génération, les soirs de veillée.

Lorsque la réalité reprit enfin ses droits, que tous purent à nouveau parler, que le sortilège se dissipa avec les nuées du fleuve, Jesus Diaz – qui était sans aucun doute le moins crédule de l'assemblée – les invectiva :

– Eh bien ! Vous avez entendu ce qu'a ordonné le colonel. Ne restez pas là en plan et aidez-moi à hisser le piano sur la rive.

Les hommes sortirent de leur torpeur et se mirent à murmurer. Puis tous hochèrent la tête et décidèrent de se mouvoir de concert. L'un d'eux alla quérir des cordes à l'entrepôt, un autre s'en fut chercher des planches et des rondins et tous se mirent au travail.

Lorsque tout fut en place, Jesus Diaz prit une corde qu'il enroula sur son épaule et se jeta dans l'eau du fleuve. En quelques brasses, il rejoignit le radeau que le courant ballottait sans cesse malgré les amarres qui le reliaient au rivage. Là, il se hissa sans effort sur le frêle esquif et sangla le piano. Il revint ensuite en nageant vers la rive.

Jesus Diaz déroula alors la corde qu'il avait

attachée au radeau. Puis, les pieds bien ancrés dans le sol, le pêcheur de piranhas aidé de cinq hommes aux muscles noueux hissa peu à peu le radeau et son chargement sur la berge. Ahanant, leurs pieds s'enfonçant dans la boue, ils parvinrent à ramener le piano blanc sur la terre ferme. A l'aide des rondins judicieusement disposés sur le sol et permettant de créer un système de rouleaux, ils lui firent gravir la pente, centimètre après centimètre. Pour finir, dix hommes se joignirent à eux et, dans un ultime effort, soulevèrent le piano qu'ils avaient détaché du radeau et le montèrent ainsi par l'escalier de pierre à la seule force de leurs bras. Après ce morceau de bravoure, lorsque l'instrument fut enfin à l'abri sur la terrasse de la taverne, Jesus Diaz, tout en s'épongeant le front d'où ruisselaient des centaines de gouttes de sueur, eut cette conclusion :

– A mon avis, ce piano n'a pas fini de causer des ennuis.

Il ne pouvait se douter à quel point il avait raison.

Dans la taverne se jouait une tout autre scène. Un peu moins physique, peut-être, mais certainement tout aussi tendue.

En tout et pour tout, ils étaient trois : le colonel, le barman et le musicien.

Derrière le comptoir, occupé à essuyer ses verres, il y avait Cerveza. Et, attablés au milieu de la salle, le colonel Rodrigues et Amazone Steinway, l'un en face de l'autre, n'osant proférer la moindre parole.

Il y avait trop de tension entre eux, trop de différences. Qui était cet homme et d'où venait-il ?

Rodrigues adressa un signe à Cerveza. Le barman s'empressa de leur servir deux grands verres de bière qu'il leur apporta aussitôt avec un sourire jovial.

– Voilà. C'est de la bière haut de gamme. Vous m'en direz des nouvelles.

– C'est vrai, admit le colonel. Elle est excellente. C'est le seul luxe que vous pourrez trouver ici. A part le café, bien entendu.

– Dans ce cas, à votre santé, fit Amazone, tout en levant son verre à hauteur de visage, en signe d'amitié.

En réponse, Rodrigues n'esquissa pas le moindre geste, se contentant d'un mouvement infime du menton. Les deux hommes burent en silence tout en se dévisageant, l'un avec franchise, l'autre avec suspicion.

– Voilà longtemps que je n'avais rien bu d'aussi bon, s'exclama le musicien en grimaçant de plaisir.

Cerveza, heureux comme un enfant qu'on vient de récompenser, lui adressa un regard complice.

Le colonel, lui, suivait son idée et décida de revenir à la charge :

– Maintenant, Amazone, réponds-moi. Que faisais-tu sur ce bateau ? Et où allais-tu ?

Le pianiste resta impassible. S'il était l'acteur principal de la scène, il en était sans doute le moins préoccupé. Et ce fut sans rechigner qu'il répondit, avec toutefois assez d'ironie pour montrer qu'il se trouvait en position de force et se réservait le droit d'être peu loquace lorsque les circonstances l'exigeraient.

– Je viens des regrets, je vais vers le rêve et je suis là par hasard.

Silence perplexe. Jamais personne, à Esmeralda, n'avait proféré de phrases aussi sibyllines. Le colonel en resta bouche bée. Puis, mine de rien, il décida de poser une seule question à la fois.

– Les regrets, le rêve et le hasard. Très bien. Mais tout ça ne me dit pas pourquoi on t'appelle Amazone Steinway.

Cette fois, la réponse fut plus claire.

– Amazone, c'est pour le fleuve. Il paraît que ma musique ressemble à celle que produit l'Amazone en charriant toutes ces tonnes d'eau.

– C'est pas faux. Quand je t'ai vu arriver tout à l'heure, j'ai bien cru que le fleuve débordait de son lit.

Le colonel se mit à tirer sur son cigarillo en produisant des petits ronds de fumée qui allaient s'élargissant au fur et à mesure qu'ils se propageaient dans l'air. Une délicieuse odeur de café torréfié arrivait de l'entrepôt, à l'entrée du village, se mélangeant à celles du tabac et de la sueur dont chaque centimètre carré de la pièce semblait imprégné.

– Ça arrive quelquefois, ce genre de chose. Et ta musique m'a fait penser à ça.

Le musicien défroissa le pli de son pantalon d'un geste élégant et se mit à frapper de ses doigts le rebord de la table, engendrant un rythme de jazz.

– Je vous crois. Quand je joue, il m'arrive parfois de penser que je vais me noyer dans le torrent de notes qui se déverse de mon piano.

Il continua quelques instants sa musique puis, après un dernier roulement, leva les mains en l'air et fit claquer ses doigts les uns contre les autres. Même sans instrument, Amazone continuait à jouer de la musique.

– Et Steinway ? reprit le colonel.

Le musicien se jeta en arrière sur sa chaise et, sur un rythme de plus en plus effréné, en véritable virtuose, se mit à tapoter les accoudoirs avec la même frénésie.

– Steinway, c'est parce que ce fichu nom est

écrit sur mon piano. Un jour, quelqu'un a prétendu que j'avais gravé mon nom sur le piano, et depuis, tout le monde m'appelle comme ça.

Un silence.

– Vous savez, je ne dis pas ça pour vous, colonel, mais les gens, en général, sont de véritables ignares.

– Ah oui ?

– Oui. Pour eux, Louis Armstrong est une marque de trompettes. Alors mon vrai nom, vous pensez. Qu'est-ce qu'ils en ont à faire ?

– Qui c'est ça, Louis Armstrong ? dit le barman avec un demi-sourire. Un type qui était avec toi sur le *Belém* ?

Amazone arrêta soudain sa musique et jeta un regard plein de tristesse à Cerveza, mais ne répondit pas. Cette fois, il en était certain, il était enfin parvenu au bout du monde. Là où il n'y a plus rien.

Rodrigues reprit :

– Ton vrai nom, c'est quoi au juste ?

Le musicien éluda :

– Quelle importance ? Maintenant, c'est Amazone Steinway pour tout le monde. Et pas de raison d'en changer.

– Et d'où viens-tu, Amazone ?

Un instant d'hésitation.

– De Belém.

– Le bateau ?

– Non, la ville. Je jouais dans un club de jazz avant de venir ici. Un club nommé le Santarem. C'est là que j'ai appris.

– Ah oui ?

– C'est la vérité.

– Et pourquoi portes-tu un putain de nom américain, si tu viens de Belém ?

– A cause de la musique.

A cet instant, deux perruches blanches, enfermées dans une cage posée à l'extrémité du comptoir, se mirent à jacasser et à se donner des coups de bec, causant un bruit effroyable. Qui cessa aussitôt lorsque Cerveza recouvrit la cage d'un sac de toile.

– Comment ça, à cause de la musique ?

– C'est quelque chose qui se fait couramment dans le métier. Changer de nom. Devenir quelqu'un d'autre. Devenir quelqu'un. Mais tout ça, c'est mon histoire, et je ne suis pas sûr que cela soit intéressant...

– Moi, je trouve ça passionnant.

Rodrigues fit basculer sa chaise, posa ses deux pieds boueux sur la table et tira sur son cigarillo. Puis il cracha la fumée devant lui et plusieurs petits cercles montèrent lentement au-dessus de sa tête.

– Je t'écoute, Amazone. Il n'y a rien de mieux au monde que d'entendre une bonne histoire. Surtout quand elle possède un parfum de vérité.

– Qu'est-ce qui prouve que je te dirai la vérité ?

Le colonel grimaça et lui adressa un sourire plein de fiel.

– Pour la bonne et simple raison que personne n'a jamais menti impunément à Alvaro Emiliano Rodrigues.

Rodrigues ne croyait pas un mot de ce que cet homme venait de lui raconter. Avec la fièvre des marais qu'il avait contractée en arrivant à Esmeralda et l'angoisse constante de voir un jour son passé de révolutionnaire le rattraper, il était devenu peu à peu paranoïaque. Pour lui, désormais, tous les étrangers, qu'ils fussent noirs ou blancs, musiciens ou non, étaient des espions à la solde du gouvernement. En quelque sorte, des sicaires qui avaient juré sa perte.

Le musicien but une gorgée de bière.

– Amazone ?

– Oui ?

– Pourquoi est-il blanc, ton piano ? Pourquoi n'est-il pas noir ?

Le pianiste balaya la remarque du revers de la main.

– C'est une trop longue histoire. Il me faudrait des heures pour la raconter. Un autre jour, peut-être.

Rodrigues le regarda d'un air suspicieux et fit mine de jouer avec le revolver qu'il portait à son ceinturon.

– Je ne suis pas pressé.

– Moi non plus, je ne suis pas pressé de la dire, cette histoire.

D'un geste rageur, le colonel abattit son poing sur la table.

– Bon Dieu, Amazone, qu'est-ce que tu me caches ?

– Rien. Sauf que je raconterai tout ça une autre fois. Un de ces soirs, si vous voulez bien, devant une bonne bouteille de cachaça. Maintenant je suis fatigué et j'aimerais bien me reposer un peu.

Rodrigues, hors de lui, se mit à hurler :

– Tu ne serais pas en train de te payer ma tête, par hasard ?

Amazone ne répondit pas. Il se contenta d'allumer un nouveau cigare et de se laisser aller sur sa chaise en regardant son interlocuteur dans le blanc des yeux. Visiblement, le colonel cherchait à l'intimider, à lui faire peur, voire à le menacer. Mais c'était sans compter avec l'aplomb et l'assurance du musicien.

– Tu te fous de moi et j'aime pas ça !

Cerveza, croyant utile d'intervenir, rétorqua :

– Je crois que cet homme ne ment pas. Il semble tout à fait sincère, et s'il appartenait au gouvernement, il vous aurait déjà réglé votre compte d'une manière ou d'une autre.

Le colonel, fulminant, pointa le doigt vers le barman :

– Toi, je ne t'ai rien demandé. Alors tais-toi !

A cet instant, Jesus Diaz et ses hommes firent leur apparition dans la taverne, portant le piano blanc à bout de bras. Leurs visages congestionnés et leurs gestes maladroits démontraient toute la difficulté de la tâche. Ils traversèrent la pièce et, le plus délicatement possible, déposèrent l'instrument sur le sol. Le piano gémit tout de même, comme si on avait frappé ses cordes avec un objet métallique.

Cerveza ne put s'empêcher de s'exclamer :

– Il doit valoir une fortune, ce piano !

Le musicien, sans se retourner, ni même esquisser le moindre geste, répondit :

– Le prix, ça ne veut rien dire. Si tu trouves quelqu'un prêt à t'en donner une fortune, il vaut une fortune. Si tu ne trouves personne, il ne vaut rien.

Puis il ajouta :

– Mais pour moi, il est d'une valeur inestimable.

Une fois le piano blanc immobilisé dans un coin de la pièce, Jesus Diaz et les autres péons repartis, et l'atmosphère plus détendue, le colonel reprit le cours de son interrogatoire.

– Qu'est-ce que tu vas faire maintenant que tu te retrouves coincé ici, en cale sèche ?

Désireux de trouver un terrain d'entente au plus vite, Amazone choisit la solution la plus simple qui se présentait à lui.

– Attendre le prochain bateau.

Rodrigues ricana :

– Maintenant que le *Belém* a coulé, aucun bateau ne passera plus par ici avant des mois.

– Cela ne fait rien. Je patienterai. Dans l'immédiat, je vais loger ici. C'est bien une auberge, non ?

– Tu as de quoi payer ? demanda Rodrigues

en plissant les yeux, un soupçon d'inquiétude dans la voix.

Le musicien retourna ses poches en esquissant un geste de dépit.

– Rien. Pas la moindre pièce de monnaie. Mes effets personnels sont restés à bord du *Belém*.

– Alors, qu'est-ce que tu comptes faire ?

Le musicien se leva de sa chaise, fit quelques pas de long en large, observa un instant par la fenêtre un coin de fleuve.

– Je ne sais pas. On peut peut-être trouver un arrangement.

Rodrigues grimaça.

– De quel genre ?

Amazone, les mains dans les poches, esquissa quelques pas de danse comme pour un numéro de claquettes improvisé, puis se retourna vivement et annonça :

– Vous avez besoin d'un pianiste dans cette taverne. C'est évident. Cela manque d'ambiance.

– Non. Pourquoi je paierais pour de la musique ?

– Parce que c'est beau.

Le colonel s'esclaffa.

– La beauté, c'est gratuit. Quand je croise une belle fille, je ne paie pas.

– Peut-être, mais pour coucher avec elle, vous devez payer.

– Possible, mais personne ne me demande de coucher avec ton piano.

Amazone, comprenant qu'il ne s'en sortirait pas de cette manière, lui proposa un autre marché.

– Et si je devenais barman ?

Rodrigues pointa le menton vers Cerveza.

– J'en ai déjà un.

– Le meilleur barman de tout Esmeralda, dit le Suisse.

Le musicien demanda :

– Et vous êtes combien de barmen dans ce village ?

Cerveza fit un large sourire, dodelina de la tête et affirma :

– Je suis le seul.

Puis il se mit à rire en s'agitant de droite à gauche comme un pantin.

– Je vois, fit Amazone.

Le colonel parut réfléchir. Il chassa d'un

geste nonchalant un moustique qui tournait au-dessus de sa tête, et finit par s'exclamer :

– J'ai une idée.

Amazone l'observa avec suspicion.

– Laquelle ?

Rodrigues passa plusieurs fois sa main dans sa barbe naissante, imitant le crissement d'un porc-épic contre un tronc d'arbre, et annonça d'une voix enjouée :

– Que dirais-tu d'une partie de dés ?

Amazone Steinway se leva de sa chaise, s'approcha du bar à pas lents et mesurés, posa son verre vide sur le comptoir et fit signe à Cerveza de le resservir. Le barman s'exécuta aussitôt avec plaisir. Le musicien prit alors son nouveau verre de bière, le porta à ses lèvres et but une longue gorgée dans un profond silence. Puis, il se retourna vers le Brésilien.

– Une partie de dés ? Vous croyez que c'est une bonne idée ?

Cerveza s'empressa de répondre.

– Oui. C'est quelque chose de courant dans le coin. Ici, tout se joue aux dés. La vie comme la mort. Les dettes d'argent comme celles d'honneur. Et même, quelquefois, l'attribution des femmes. C'est notre façon à nous de faire régner la loi.

– Celle du hasard, n'est-ce pas ?

– Oui. Rien n'est plus juste que le hasard.

Amazone se montra dubitatif. Lui qui aimait par-dessus tout jouer de la musique, même sans aucune partition, n'avait jamais joué de sa vie à un quelconque jeu de hasard.

– Je veux bien, mais sans argent, ça va être difficile.

Rodrigues acquiesça d'un signe de tête.

– Je te propose un marché honnête. Ton piano contre mon bateau. A prendre ou à laisser.

– Vous possédez un bateau ?

– Oui, répondit le colonel, comprenant qu'il venait de l'intéresser. Si j'ai bien compris, tu cherches à transporter ce fichu instrument Dieu sait où. Vrai ou faux ?

– On ne peut rien vous cacher.

– Alors, qu'est-ce que tu penses de ma proposition ?

Amazone grimaça. L'idée de mettre en jeu le piano blanc lui serrait le cœur. Mais avait-il réellement le choix ?

– Je peux le voir, votre bateau ?

Rodrigues fit un signe de tête vers la fenêtre.

Amarré sur le fleuve, en contrebas, on pouvait apercevoir un rafiot qui ressemblait plus à une épave qu'à un bâtiment de plaisance. La coque était tellement piquée de rouille qu'on ne la distinguait qu'à grand-peine des eaux boueuses du Rio Negro.

– D'accord. Le bateau pourrait faire l'affaire. Mais dans l'éventualité où je perdrai la partie, que se passera-t-il ?

Le colonel sourit, prit trois dés dans sa main et répondit :

– Tu restes ici et tu joues du piano contre le gîte et le couvert. Dans tous les cas de figure, vous demeurez ensemble, inséparables comme vous l'avez toujours été.

Le musicien hocha la tête et dit :

– C'est d'accord. J'accepte.

Parfois, le hasard fait bien les choses. D'autres fois, on ne peut rien contre certaines lois des séries que la destinée vous impose.

C'est ainsi qu'Amazone Steinway perdit, en un jour, sa liberté, ses illusions et son piano. Et c'est également comme cela qu'il gagna l'amitié de Cerveza.

Le soir même, ils se saoulèrent ensemble pour deux excellentes raisons. La première : oublier la défaite que venait de lui infliger le colonel. La seconde : fêter son arrivée à Esmeralda.

Car, il fallait l'avouer, le plus difficile n'était pas de lever son verre, mais de trouver constamment un prétexte. C'est ainsi qu'après un repas composé de haricots rouges pimentés et de viande de singe, ils trinquèrent successivement à la santé, à l'amitié, aux femmes, aux voyages et à bien d'autres choses encore dont la liste serait fastidieuse à établir.

Pour cela, ils attendirent que la taverne fût vide de tout occupant, que Rodrigues fût enfin monté à l'étage – sans doute endormi dans les bras de Julia – et s'attablèrent dehors, en terrasse, autour d'une bouteille de cachaça, de deux verres et de quelques cigares.

La nuit était d'encre et la lampe à pétrole suspendue au-dessus d'eux constituait l'unique lumière d'Esmeralda. Le fleuve, désormais endormi, avait un côté lugubre, comme un flot de sang noir glissant en silence dans l'obscurité. Et la dent de narval, au-dessus de la porte, luisait d'une lueur inquiétante.

Affalé sur sa chaise, Amazone buvait à petites gorgées l'alcool fort en songeant à l'amère défaite qu'il venait de subir.

– Tu as joué de malchance, lui confia le barman en lui servant une nouvelle rasade de cachaça.

Amazone, le regard dans le vague, semblait ne pas réellement comprendre ce qu'il lui était arrivé. Trop abattu pour réagir, il se laissait tranquillement noyer dans l'alcool, afin de retarder le plus possible le moment où il lui faudrait affronter de nouveau la réalité. Car comment poursuivre sa route, désormais, si le piano ne lui appartenait plus ?

– Pas de chance, tu l'as dit. Le six qui sort trois fois de suite. Pas moyen de lutter contre ça.

Cerveza avait jugé préférable de ne pas abandonner ce compagnon d'infortune et, pour le soutenir, n'oubliait pas de se servir lui aussi de larges rasades d'alcool qu'il buvait d'un trait en grimaçant et en éructant, comme s'il s'agissait d'un quelconque médicament que son corps tentait – en vain – de rejeter.

– Qu'est-ce que tu vas faire, maintenant ?

– Je ne sais pas encore. Sans doute accepter la proposition du colonel et devenir pianiste de bar à Esmeralda. De toute façon, je n'ai guère le choix.

Le musicien ôta son chapeau, le posa sur la table et, les deux mains croisées derrière la tête, se laissa aller en arrière sur sa chaise. Lui qui, tel Ulysse, avait rêvé d'une nouvelle Ithaque, voilà qu'il retombait de Charybde en Scylla.

Et, un remords en amenant un autre, il sentit que la tête lui tournait effroyablement et qu'il n'aurait peut-être pas dû boire autant. Malgré tout, il avait encore soif.

Cerveza alla donc chercher une nouvelle bouteille de cachaça à l'intérieur du bar, vint se rasseoir en terrasse et, après avoir servi deux nouveaux verres, demanda :

– Amazone ?

– Oui ?

– Je voudrais savoir... où donc voulais-tu aller avec ce piano ?

Le musicien se redressa sur sa chaise, jeta un regard vers le fleuve en contrebas et répondit :

– Je ne peux pas te le dire.

– Pourquoi ?

Il attendit quelques secondes avant d'ajouter :

– Parce que je me suis fait la promesse de garder le secret sur toute cette histoire, de peur de voir mes dernières chances de réussir s'envoler.

Cerveza se passa la main sur le visage, d'un air qui se voulait détaché de toute préoccupation, mais qui trahissait en vérité une curiosité maladive.

– Si c'est une promesse, alors...

Moins de dix secondes plus tard :

– Dis-moi au moins dans quelle direction tu voulais aller. Je te jure que je ne le répéterai à personne.

Amazone recula sa chaise dans un grincement insupportable, posa sa main droite sur la table puis, de l'autre main, fouilla la poche de sa chemise, en sortit une feuille pliée en quatre qu'il serra longtemps dans son poing avant d'annoncer d'une voix grave :

– Le nom est écrit là.

Il agita la feuille devant le visage de Cerveza. Le Suisse tenta de s'en emparer mais le musicien fut plus vif et esquiva.

– Mais je ne te révélerai rien.

Cerveza fronça les sourcils :

– Tu peux au moins me donner un indice, à défaut du nom précis.

– Un indice ?

– Oui. De quel côté dois-tu aller ? Je ne dirai rien à personne. Je te le jure.

Le regard bleu de Cerveza brillait dans la

demi-pénombre. A sa voix, il était facile de deviner qu'il ne mentait pas et tiendrait parole. Amazone écrasa alors son cigare dans le cendrier posé devant lui, but une gorgée d'alcool et annonça :

– Quelque part sur le Cassiquiare.

Cerveza, qui ne connaissait de l'Amazonie que les allers-retours entre Manaus et Esmeralda effectués chaque mois pour le ravitaillement, avait déjà entendu parler de cet affluent du fleuve qui, partant précisément de San Carlos de Rio Negro, remontait jusqu'au Venezuela et rejoignait l'Orénoque.

– Le Cassiquiare ?

– Oui. Lui-même.

– Je croyais que c'était une légende.

– C'en est une, je peux te l'assurer. Mais parfois les légendes ont un semblant de réalité. Et ce fleuve existe bien, puisque je dois y aller.

Cerveza ouvrit de grands yeux et répéta encore :

– Le Cassiquiare... Si je m'attendais à ça.

Amazone se mit à rire. La naïveté – feinte

ou réelle – de son compagnon commençait à follement l'amuser. Et tout l'alcool qu'il avait ingurgité ce soir avait fini par lui procurer une ivresse qui le préservait du malheur.

– Qu'est-ce que tu croyais ? Que je me rendais à Bogota ou à Caracas ?

– Non. Mais le Cassiquiare, tout de même... Il n'existe rien de plus perdu.

Le visage du musicien fut traversé d'un sourire enjoué.

– Tu fais erreur.

Cerveza prit un air étonné.

– Qu'y a-t-il donc, là-bas ?

Amazone eut un sourire forcé et comprit que le Suisse n'abandonnerait pas aussi facilement. Il sortit un autre cigare de sa poche, le huma avec délices et dit :

– La délivrance d'une promesse.

La deuxième étape du voyage d'Amazone Steinway fut la plus aisée de son périple.

Mais, il le savait, cette facilité serait de courte durée.

Car, dès lors qu'il procéderait à l'évocation des souvenirs de son passé, de la genèse de l'odyssée du piano blanc sur le fleuve, il aborderait irrémédiablement la troisième étape : celle des regrets.

III

Les regrets

Le lendemain matin, Amazone Steinway s'éveilla avec une terrible migraine, comme si quelqu'un lui avait assené sur la nuque un coup terrible avec un objet contondant. Il avait dormi sur la terrasse, dans un hamac que lui avait fourni Cerveza, et à l'intérieur duquel il avait souffert le martyre.

C'était la première fois depuis bien des années qu'il se levait avec autant de peine. Depuis la fois où, dans sa demeure du port de Belém, il avait tenté de conjurer la douleur causée par la perte de sa femme en noyant son chagrin dans un rhum ambré et parfumé de vanille, d'ananas et d'écorce d'orange amère. Cette ivresse rédemptrice, dont il n'était sorti qu'au bout de trois jours et trois nuits, lui avait fait comprendre que l'alcool n'avait pas le pouvoir d'effacer les peines, mais seulement de les teinter d'amertume.

Or, pour son malheur, il s'était laissé aller, la veille au soir, à une griserie dont les effets néfastes lui rappelaient de cruels souvenirs. Il se mit à songer à tout ce qui l'avait mené jusqu'ici et qui remontait à si loin qu'il n'en possédait plus que des images imprécises et floues.

Lorsque, trois années plus tôt, sa femme, une métisse à la longue chevelure brune et aux yeux d'un noir profond, mourut en couches, le chirurgien lui dit, tout en lui prenant le bras avec douceur :

– Il va falloir être courageux. Je n'ai pu sauver ni la mère ni l'enfant.

Amazone Steinway déclara, avec un laconisme éclatant de pudeur :

– Fausse note !

Et ce fut tout.

Il retourna ensuite chez lui, ferma les volets, se servit un verre de rhum, choisit un de ses meilleurs cigares, et se mit à jouer du piano jusque tard dans la nuit. Un air triste et beau, lumineux comme un soleil, quelque chose de sobre et qui pourtant racontait toute la vie de son épouse défunte.

Ce soir-là le piano pleura pour lui, et les notes qui s'écoulèrent de l'instrument furent bien plus rédemptrices que les larmes qui s'étaient à jamais figées dans ses yeux secs.

Ce n'était pas qu'il lui manquait un cœur : au fond de lui il y avait une peine immense, un vertige sans nom, un gouffre dans lequel il sombrait corps et âme. Simplement, cet homme n'avait jamais appris à pleurer. En revanche, il était capable de faire pleurer le piano blanc, et les notes de musique qui s'écoulaient de son instrument étaient bien plus belles que de vraies larmes.

Amazone Steinway n'était pas de ces êtres qui s'épanchent facilement. Il savait garder en lui la résonance de ses émotions, et toute la gamme des sentiments que son cœur s'amusait à égrener en sourdine, il la jouait pour lui seul, comme une musique douce-amère dont chaque note véhicule une passion, une langueur et une tristesse qui ne se partagent pas.

Il était là, son chagrin, dans la musique prodigieuse du piano blanc, dans les accroche-cœur de ses notes syncopées dans le tempo.

C'était quelque chose qui coulait de lui comme un torrent de larmes et qui avait la simple particularité de ne pas se déverser de ses yeux mais de ses doigts, sur ce clavier étrange et beau, comme fait d'un bois de chagrins et d'un ivoire de souvenirs.

Jusque-là, Amazone s'était toujours confié à son piano. Avec ou sans musique. Parfois il en jouait, et les notes suffisaient amplement à cautériser ses plaies. D'autres fois il lui parlait. Vraiment. Et le piano lui répondait. C'est ainsi qu'il lui avait expliqué pourquoi ils devaient quitter Belém et partir ensemble au cœur de la forêt amazonienne.

Tout ça parce que, un jour, il avait fait une promesse.

Une promesse aussi folle que cette étrange odyssée d'un piano blanc à travers la forêt amazonienne, un accident, un grain de sable qui avait enrayé la mécanique de sa vie et l'avait conduit jusqu'à ce lieu oublié de tous.

Dès qu'il parvint à oublier ces images et à les enfermer à double tour dans le recoin le plus secret de sa mémoire, Amazone s'extirpa de son hamac. Tout en s'étirant comme un chat sauvage, il sut que cette nuit ne lui avait été d'aucun repos. Et qu'il lui faudrait prendre un bain réparateur pour en effacer les stigmates dans sa chair endolorie.

Pour cela, il commença donc par ôter ses effets, prenant soin de suspendre sa veste et son pantalon blancs sur le dossier d'une chaise, dévala en petite tenue l'escalier de pierre et se dirigea vers le fleuve. Au moment où il allait entrer dans l'eau, une voix se fit entendre dans son dos :

– Ne fais pas ça, malheureux, si tu tiens à la vie.

Amazone se retourna et vit Cerveza assis au même endroit que la veille, la tête encore appuyée sur la table où il avait dormi. Devant lui, une ribambelle de bouteilles de cachaça.

– Eh bien, il est donc interdit de se baigner ?

Cerveza se leva de sa chaise et s'étira à son tour. Son teint carmin, ses joues en feu où couraient çà et là quelques poils de barbe d'un blond tirant sur le roux faisaient ressortir ses yeux injectés de sang. L'éclat vermillon de sa figure démontrait en lui le jovial et l'homme de soif, mais également le compagnon éternel, celui qui jamais n'abandonne un ami ou ne refuse un verre.

– Si tu veux servir d'appât aux piranhas, à ton aise. Mais ne compte pas sur moi pour te rejoindre. Pour te laver, fais donc comme moi. Attends la saison des pluies qui ne devrait pas tarder à arriver. Quand il se met à pleuvoir, par ici, la dernière chose à laquelle tu penses, c'est bien à aimer l'eau.

– Merci du conseil, mais j'aimerais bien prendre un bain. Pas le boire.

Cerveza émit un sifflement d'admiration.

– Dans ce cas, il y a une baignoire dans la

cour et, à côté, un tonneau où est récoltée l'eau de pluie. Tu peux te servir des deux, si ça t'amuse. Pendant ce temps, je prépare le café.

Amazone remercia Cerveza et s'en fut derrière la taverne.

Lorsqu'il revint, un peu plus tard, rasé de frais, impeccable dans son smoking blanc, une délicieuse odeur de café noir flottait dans l'air. Le barman lui en servit un grand bol et l'invita à s'asseoir en face de lui.

C'est alors que le colonel Rodrigues, sortant enfin de son lit, fit son apparition sur la terrasse. En attendant Jesus Diaz, avec qui il devait aller visiter une plantation de café, située un peu plus au nord, il s'attabla à leurs côtés.

Vêtu d'un habit sombre, portant à la taille une ceinture à boucle dorée, chaussé de bottes et coiffé d'un chapeau à larges bords, il semblait prêt à passer quelque troupe en revue. Sans doute voulait-il rivaliser d'élégance avec Amazone Steinway. Mais, malheureusement pour lui, il ne disposait pas de son charme, de la classe naturelle du musicien.

– Bien dormi, colonel ? demanda Cerveza d'un ton affable.

– Qu'est-ce que ça peut te faire ?

– A moi rien. Mais à vous, certainement beaucoup.

Rodrigues maugréa – il était souvent de mauvaise humeur au réveil – et se servit à son tour un grand bol de café brûlant qu'il but à petites gorgées en faisant d'horribles bruits de succion. Personne n'osa parler pendant plusieurs minutes, puis, lorsque le colonel parut enfin d'humeur plus agréable, Cerveza se risqua à nouveau.

– Il va faire chaud aujourd'hui.

– Oui. Tu as certainement raison. Et comme c'est vendredi, il y aura un monde fou à la taverne.

S'adressant au musicien qui jusque-là était resté muet :

– Amazone, tu commences à jouer dès ce soir. Et pas de bastringue. De la musique qui coule comme le fleuve.

– Du jazz, en somme.

Le colonel le regarda comme s'il le voyait pour la première fois.

– Peu importe le nom. Ce que je veux, c'est que les clients soient contents et qu'ils repartent avec le sourire jusqu'aux oreilles et les poches vides.

Amazone allait ajouter que, jusque-là, tous ceux qui avaient écouté la musique du piano blanc n'avaient jamais eu à s'en plaindre et que, pour les poches vides, il lui faisait confiance. Mais l'arrivée de Jesus Diaz ne lui en laissa pas le loisir.

– Il est temps de partir, colonel. J'ai bien peur qu'avec cette chaleur nous trouvions des nuées de guêpes et de moustiques sur le fleuve.

Rodrigues murmura quelque chose, puis finit son café et se leva.

– D'accord. Attends-moi au ponton. Et n'oublie pas d'emmener avec toi les sacs de café qu'on doit livrer à Içana.

– Je croyais que Chico devait les emporter avec lui.

– Je le croyais aussi. Mais il ne l'a pas fait. Encore trois jours au soleil et à l'humidité et ils seront avariés. Et puisqu'on n'est jamais mieux servi que par soi-même, nous effectuerons la livraison nous-mêmes.

Jesus Diaz acquiesça, quitta la terrasse et dévala l'escalier de pierre en direction du fleuve.

Le colonel, quant à lui, remonta son ceinturon et, tout en fustigeant du regard le barman et le musicien, déclara :

– Quant à vous deux, vous ne bougerez pas d'ici. Au retour, je passerai à la mairie d'Içana pour savoir si le *Belém* a bien coulé. Et comment il a coulé. Il doit bien y avoir une enquête en cours.

Amazone leva la tête en souriant.

– Si vous retrouvez mes effets personnels, n'oubliez pas de me les rapporter.

Le colonel grimaça, serra les poings, puis s'en alla d'un pas alerte. Une fois qu'il eut rejoint la rive, que les deux hommes se retrouvèrent enfin seuls sur la terrasse, Cerveza glissa à l'oreille de son compagnon :

– Tu n'aurais peut-être pas dû lui dire ça.

– Pourquoi ?

– Rodrigues est un homme dangereux.

– Comment ça, dangereux ?

– Dangereux parce qu'il n'y a pas d'homme plus puissant et plus fou que lui dans la région.

– Je ne comprends pas, rétorqua Amazone, incrédule.

– Alors ouvre grand tes oreilles et écoute-moi bien.

Puis, après s'être resservi un grand bol de café et avoir croqué quelques fruits secs, Cerveza entreprit de raconter l'histoire de cet homme qu'il avait connu bien des années auparavant, quand l'Amazonie était encore un mirage auquel deux ou trois fous s'accrochaient comme à une chimère, et non cette inextricable toile d'araignée dont il ne parvenait plus à se défaire.

Personne, excepté Cerveza, ne savait vraiment qui était le colonel Rodrigues. Cerveza qui, de longues années durant, avait partagé son quotidien et entrepris avec lui les aventures les plus audacieuses.

A l'époque de leur première rencontre – qui remontait aux temps antédiluviens de leur jeunesse –, le colonel Rodrigues était déjà un homme hors du commun, mais il était encore fréquentable. Il lui restait quelque once de raison qu'il avait perdue depuis au profit de la folie. Car le colonel était de la race des fous la plus superbe : celle qu'on ne devine pas. Celle qui oscille savamment entre instants de lumière et moments d'égarement, sans jamais savoir à quel port se fixer. Eût-il été fou à lier qu'on eût pu le plaindre, ou s'en méfier plus aisément. Mais non, cet homme était aux frontières de tout cela. Sa déraison s'exprimait par des signes aussi étranges que latents, des colères aussi violentes que brèves, alternant louanges et menaces, sourires et grimaces, gestes d'amitié et de trahison, avec un art si subtil qu'il était pratiquement impossible de se rendre compte de l'étendue du mal qui le rongeait avant de l'avoir côtoyé de longs mois. De prime abord, il paraissait aussi sain d'esprit que n'importe quel autre aventurier échoué en Amazonie. Plein d'ardeur, de courage et de détermination, solide comme un roc, imperturbable et fier, sans morale et prêt à tout pour faire fortune. Jusque-là, rien de bien original dans ces contrées oubliées. Le lot de tout chercheur d'or. Mais, après l'avoir observé plus longuement, il devenait facile de déceler le mal qui l'habitait. Hyperactif, ne dormant presque jamais, expédiant ses repas en trois ou quatre minutes, continuellement sur le qui-vive et le pied de guerre, Rodrigues montrait tous les signes de la plus extrême paranoïa.

Il ne vivait pas, mais survivait, persuadé qu'on en voulait à son argent et à sa vie. Il harcelait ses employés, hurlait après ses chefs d'équipe, injuriait ses maîtresses et vomissait ses associés. Comme si toute la terre lui en voulait et cherchait à lui nuire.

Un homme rongé par le fiel insidieux que son âme distillait depuis de nombreuses années. Le poison de la folie.

La genèse de cette aliénation mentale remontait au temps où, en poste à Belém, le colonel Alvaro Emiliano Rodrigues commença sa carrière d'officier dans l'armée brésilienne.

C'est là qu'il rencontra Cerveza, lui-même simple engagé volontaire, dont il fit son plus proche collaborateur et seul ami.

« Collaboration et amitié sont indissociables », répétait à l'envi le colonel en s'octroyant les récompenses, les honneurs et le prestige dus à son rang et en laissant à Cerveza les tâches subalternes et les travaux de peine.

S'il n'avait été aboli depuis longtemps, le terme d'esclavage eût été plus approprié. Mais, même après avoir subi les pires outrages, Cerveza ne devait jamais nourrir de haine à l'égard de son supérieur. Car si le colonel était un être inflexible et exigeant, il n'en restait pas moins un meneur d'hommes exceptionnel, capable de tout remettre en question et d'agir sur un coup de tête. Ce qui ne mettait pas ses compagnons de route à l'abri des problèmes mais les préservait de l'ennui.

Au cours de ses pérégrinations dans la baie de Marajo, de ses escapades dans l'océan Atlantique, de ses manœuvres aux frontières des Guyanes, le colonel Rodrigues croisa nombre de propriétaires terriens, de puissants politiques dont le quotidien était aussi éloigné du sien que lui l'était du paradis. Toutes ces visions réitérées, loin de le laisser de marbre, finirent par influer sur sa personne et à forger dans son esprit des rêves chimériques qui lui firent peu à peu perdre contact avec la réalité.

Par la suite, dans ses délires nocturnes, le colonel se construisit un cocon de songes dans lequel il prit l'habitude de se réfugier avec délices, tel un ver à soie au stade de la chrysalide et qui, de chenille, devient peu à peu papillon. Chaque fil de ce cocon était une image soyeuse et belle, un vertige, un fantasme, une jouissance, un plaisir de l'existence dont il se savait privé et qu'il s'octroyait de manière virtuelle jusqu'à l'extase.

Il imagina donc pour lui un avenir où tout rimait avec soleil et musique, des voyages incessants et exotiques, de l'alcool jaillissant d'une fontaine éternelle, des femmes à la peau douce et au parfum délicat, des bateaux luxueux en partance vers l'Europe, des résidences secondaires bordées d'eucalyptus et des soirées arrosées au champagne dans de vastes palais agrémentés de jardins à la française.

Il en parla à son homme de confiance, fidèle parmi les fidèles.

– Cerveza, mon ami, que dirais-tu si nous devenions riches ?

L'intéressé, étonné, montra un large sourire. Sourire qui fut de courte durée.

– Je veux bien. Mais comment faire pour arriver à une telle fin ? Deux militaires n'ont aucune chance de finir leurs jours dans la peau de nababs bourrés aux as.

Le Suisse avait raison. Lui qui avait quitté l'Europe pour faire fortune en Amérique du Sud et qui, pour ne pas mourir de faim, avait été contraint de s'engager sous les drapeaux, connaissait le coût de la vie. Mais si la maigre solde que leur versait chaque mois l'armée les préservait de l'indigence, elle ne leur laissait aucun espoir de réaliser un jour ne fût-ce que le moins onéreux de leurs projets. Et cette pension deviendrait plus dérisoire encore lorsque sonnerait l'heure de la retraite avec son cortège de privations et d'ennui.

Voilà sans doute pourquoi, au vu de cette perspective peu réjouissante, le colonel décida, quelques mois seulement avant de quitter l'armée, de participer à un coup d'État fomenté par un cercle de militaires rêvant de grandeur, de pouvoir et de gloire.

Après des mois de préparation – avec l'aide de Cerveza et de quelques autres à qui le colonel avait promis richesse et puissance –, il fut décidé que le matin du 1er juillet, à l'aube, le palais du gouvernement serait attaqué. Malheureusement, comme il advient souvent dans de telles entreprises, l'un des rebelles fit preuve de traîtrise en vendant la mèche à un officier supérieur, qui la vendit à son tour au secrétaire personnel du gouverneur de la province.

Lorsque, ce fameux matin d'été, le colonel Rodrigues et ses fauteurs de troubles firent irruption dans l'enceinte du palais, certains de trouver peu de résistance et de créer un effet de surprise propice à la victoire, le piège se referma sur eux. A la place des deux gardes de faction, ils découvrirent qu'un régiment entier armé jusqu'aux dents les attendait dans la cour d'honneur. Entre les deux factions rivales, la fusillade éclata aussitôt, faisant de nombreuses et inutiles victimes dont les principaux instigateurs du coup d'État, à l'exception toutefois du colonel qui, comme tous les apprentis tyrans, se savait protégé par une force divine.

Dix minutes après avoir commencé, la révolution la plus brève de toute l'histoire de l'Amérique du Sud se solda par un échec retentissant.

Après avoir essuyé un dernier coup de feu qui résonna longtemps à ses tympans comme un avertissement – la balle frôla son oreille droite et alla se loger dans le tronc d'un palmier juste derrière lui –, le colonel prit la fuite en compagnie de Cerveza et de la dizaine d'hommes ayant survécu à l'opération.

Ainsi commença pour le colonel le chemin de l'exil. Un exil non pas en dehors du Brésil, mais en dehors de lui-même, aussi loin que possible de ses rêves de grandeur et de cet échec cuisant dont il se souviendrait toute sa vie avec amertume. Un exil qui débuta à bord d'un navire volé en rade de Belém et qui prit fin à Esmeralda.

Le soir de ce fameux coup d'État qui devait les faire entrer dans la légende, le colonel Rodrigues et ses hommes passèrent de la condition de révolutionnaires à celle de marins et purent ainsi sauver leur vie.

Ils contournèrent l'île de Marajo, puis, après avoir longtemps tergiversé sur la voie à suivre, choisirent la route la plus dangereuse : celle qui retournait au Brésil et menait vers l'intérieur des terres. Par cette pirouette, ils se préservaient momentanément des représailles du gouvernement, jugeant que personne n'irait les chercher dans la gueule du loup.

Ils voguèrent donc plein ouest sur le fleuve Amazone, vers des contrées lointaines et inconnues, à l'intérieur d'un pays aussi vaste qu'un continent, cherchant à la fois un nouvel Eldorado et l'abri le plus éloigné possible du lieu de leur forfait et de la colère vengeresse du gouverneur.

Le colonel Rodrigues et ses hommes, après avoir couru mille dangers, finirent par se réfugier en plein cœur de l'Amazonie. Après une escale à Santarem, ils remontèrent lentement le fleuve jusqu'à Manaus, puis rejoignirent le Rio Negro où ils s'enfoncèrent jusqu'aux abords de l'Uaupes. Là, certains que nul ne viendrait jamais les chercher dans l'endroit le plus isolé du monde, ils fondèrent le village d'Esmeralda, quelque part en aval d'Içana.

A peine installé à Esmeralda, le colonel Rodrigues ne tint pas en place. Il n'avait pas oublié son projet : faire fortune, à n'importe quel prix et par tous les moyens possibles et imaginables, dût-il en mourir.

Pour cela, il choisit la voie du commerce. Et, en particulier, ceux du bois et du caoutchouc.

Pour le caoutchouc, il employa jusqu'à plus de cent cinquante personnes, fit remettre à flot son bateau, se procura plusieurs tonnes de matériel à Manaus, paya une somme exorbitante pour obtenir la concession d'une forêt d'hévéas en plein cœur de la Neblina, s'embarqua avec ses hommes et partit pour un long voyage de six mois. Tous ceux qui participèrent à cette aventure le racontèrent plus tard avec force détails et assez de conviction pour qu'on les crût : le jour où le bateau quitta les rives d'Esmeralda et s'embarqua sur le Rio Negro, Rodrigues se mit à pleurer de bonheur. Lui, Alvaro Emiliano Rodrigues, l'homme insensible, doté d'une carapace à toute épreuve, lui qui possédait le regard d'un faucon et l'âme d'un vautour, il pleura. Sans doute se voyait-il l'égal de ces grands explorateurs des siècles passés, un Lope de Aguirre, un Orellana, un Cristóbal de Acuña, un de ceux-là qui rendirent l'Amazonie plus accessible et, paradoxalement, encore plus mystérieuse. Le colonel était de cette trempe d'hommes qui ne reculent devant rien, surtout pas devant la mort. Pire, les terribles dangers d'une telle expédition – épidémies, chaleur, intempéries, prédateurs, hostilité des tribus indiennes... – dont le moindre aurait suffi à décourager tout un chacun semblaient à ses yeux donner encore plus d'attrait à l'aventure. Pour lui, là où il y avait défi, la vie prenait toute sa valeur. Ce n'était que dans le risque de la perdre qu'il se sentait résolument vivant. Il existe de ces hommes dont le but sur cette terre est d'accéder aux vertiges les plus absolus, de fuir la banalité et la routine, de prendre les risques les plus inconsidérés, et Rodrigues était de ceux-là.

Confiants en leur chef, les hommes d'équipage remontèrent le fleuve jusqu'à la forêt d'hévéas. La première partie du voyage se déroula sans encombre, le moral des troupes était excellent et la volonté de leur chef inébranlable. Rodrigues les menait à la fortune, son énergie était communicative, et rien ne semblait en mesure de l'atténuer.

Sur place, il fallut pourtant très vite déchanter, car rien ne se déroula comme prévu. Dès la première nuit passée dans la jungle, des myriades de moustiques et de guêpes se mirent à attaquer les hommes. Les jours suivants, des pluies torrentielles s'abattirent sur la région, dévastant le campement et rendant tout travail impossible en raison du terrain devenu impraticable. Avec les inondations vinrent les premières épidémies et, bientôt, plusieurs hommes furent pris de fièvres. Les travaux n'avaient pas commencé que tous leurs espoirs se trouvaient déjà anéantis. Seul le colonel, imperturbable, n'avait pas baissé les bras. Tous les matins, il parcourait la forêt, en compagnie de quelques hommes valides, tentant de récolter le précieux caoutchouc sous une pluie battante. Chaque jour on croyait voir venir la fin des pluies, et chaque jour il pleuvait avec un peu plus de violence. Dans le camp, les plus faibles firent bientôt preuve d'incurie, le moral miné, épuisés par un labeur rendu impossible par les conditions climatiques. Le paroxysme fut atteint lorsque l'on apprit que le caoutchouc tiré des hévéas, de mauvaise qualité, ne rembourserait même pas les frais d'une telle expédition.

Il fallut se rendre à l'évidence : le commerce du caoutchouc n'était plus ce qu'il avait été, son heure de gloire était passée et il ne rapportait plus de quoi payer sa peine. Son parfum suranné et la beauté des hévéas avaient fait oublier un temps à Rodrigues la dure réalité économique d'un commerce livré à l'abandon. Plus personne ne voulait du caoutchouc brésilien, beaucoup plus onéreux que celui d'Asie. Rodrigues, péchant par orgueil, avait fait fausse route.

Lorsqu'il revint à Esmeralda, une fois vendue sa maigre cargaison et payé son équipage, il ne lui resta plus rien. Sa première aventure avec la jungle amazonienne s'était soldée par un échec retentissant.

– Excellente raison pour abandonner, lui avait confié Cerveza, qui avait participé à l'aventure et savait que le colonel serait obligé de vendre son bateau s'il ne voulait pas crouler sous les dettes.

– Raison de plus pour continuer ! répondit Rodrigues, le regard noir. La chance ne peut pas me tourner le dos deux fois de suite.

Après le caoutchouc qui avait englouti l'essentiel de sa fortune, le colonel s'essaya au commerce du bois. L'Amazonie en possédait des millions d'hectares, d'une très grande variété. Malheureusement, le travail se révéla épuisant, la concurrence féroce et les marges réduites à une peau de chagrin. En quelques mois, l'affaire périclita et mena le colonel une nouvelle fois à la faillite. Désespéré, il abandonna l'exploitation et monta une scierie en pleine jungle, se contentant de débiter le bois qu'on voulait bien lui apporter.

Là encore, il ne lui fallut que quelques mois pour déchanter. Les mauvais payeurs achevèrent le travail de sape déjà entrepris et, pour la troisième fois, il fut ruiné.

Ruiné, mais pas abattu. On n'achevait pas

un homme de la trempe de Rodrigues aussi facilement. Il avait des ressources inépuisables et une volonté de fer. Avec les quelques deniers qu'il put sauver du désastre du bois, il tenta de se renflouer. C'est alors qu'il s'essaya – toujours en compagnie de Cerveza – à l'élevage des papillons.

La plus belle histoire que vécut cet homme fut précisément celle des papillons. L'élevage, en pleine forêt, des plus rares et des plus onéreuses variétés de papillons d'Amérique du Sud.

En Amazonie, il existe plusieurs milliers d'espèces différentes, un véritable trésor multicolore. Parce que c'était véritablement un trésor que Rodrigues voulait s'approprier, une fortune colossale, faite de millions d'ailes en suspens dans le ciel. Ce qu'il faut s'imaginer avant tout, c'est la variété des couleurs et les dimensions extraordinaires du tableau que la nature lui offrait. Une toile changeant au gré des humeurs des lépidoptères.

Chaque matin, le colonel se levait et allait retrouver son élevage, et chaque jour la toile était différente. Une palette multicolore dont le graphisme possédait la singularité de se modifier constamment. En tout, il y avait plus de trois cents espèces rarissimes et près de cent mille spécimens rassemblés dans une volière à peine plus grande qu'une maison.

C'était féerique.

Le tableau des papillons.

Certains valaient une fortune et il en vendait jusqu'en Europe.

Rodrigues, cette fois, ne s'était pas trompé. Ce négoce insolite, auquel pratiquement personne n'avait songé, valait de l'or. Les papillons d'Amazonie étaient recherchés dans le monde entier pour leur beauté, leur particularité et leur rareté. En quelques mois, les deux hommes devinrent les plus grands négociants de lépidoptères de tout le continent.

Et puis, un soir, l'irréparable fut commis. Un employé du colonel oublia de refermer la porte de la volière. Lorsque Rodrigues et Cerveza, aux premières lueurs de l'aube, se rendirent sur les lieux de l'élevage, ce fut pour assister au désastre le plus sublime qu'ils eussent pu imaginer. Devant leurs yeux ébahis, les papillons, sortis de leur léthargie, s'envolèrent un à un dans le ciel en un ballet majestueux. L'un après l'autre, jusqu'au dernier. Comme des billets de banque leur glissant entre les doigts, emportés par le vent.

Cerveza pleura devant tant de beauté et de tristesse conjuguées. C'était la première fois depuis de longues années qu'il pleurait.

Le colonel, lui, garda les yeux secs, mais comprit que jamais, plus jamais de sa vie, il ne serait ruiné d'une façon aussi merveilleuse.

Enfin, après autant de déboires et de tentatives infructueuses, le colonel Rodrigues finit par s'enrichir dans le commerce du café. S'appropriant les trois quarts des terres arables des rives du Rio Negro, il devint en quelques années le propriétaire terrien le plus aisé de la région et, de surcroît, le plus impopulaire.

Lorsqu'il ne contrôlait pas ses plantations de café, il restait à la taverne qu'il avait fait construire à Esmeralda et passait ses journées allongé dans son hamac à lutter contre les moustiques, à boire de la bière et à compter mentalement l'argent qu'il avait amassé depuis qu'il était ici et que, paradoxalement, il ne pourrait jamais dépenser. Il n'oubliait pourtant pas de cultiver la haine qu'il portait à l'humanité entière, en particulier aux fonctionnaires du gouvernement, à se lamenter de cette vie, à regretter ses rêves perdus qu'il ne réaliserait jamais, et les circonstances de l'existence qui le forçaient à croupir en ce lieu sordide qu'il n'avait plus aucune chance de quitter un jour et que, de toute manière, il ne désirait plus quitter.

Maintenant que le papillon avait brûlé ses ailes et se savait éphémère, il ne craignait plus que le passé.

Amazone Steinway, le regard dans le vague, resta un instant à songer à ce qu'avait dû être l'envol des papillons. Cerveza reprit :

– Le problème, c'est qu'avec sa première plantation de café, la chance a vraiment fini par lui sourire et ça, aussi étrange que cela puisse paraître, Rodrigues ne l'a pas supporté. C'est à partir de ce moment-là qu'il a commencé à perdre la raison. Peu à peu, lui qui était déjà un original, il est devenu fou.

– Fou ?

– Oui. Toute cette histoire lui a dérangé le cerveau, si tu préfères.

– Comment ça ?

– Après la catastrophe de l'élevage des papillons, celles du commerce du bois et du caoutchouc, tous de terribles fiascos, faire fortune aussi facilement avec quelque chose d'aussi banal que du café a été un choc pour lui. Après tant d'échecs successifs, devenir enfin riche lui a tourné la tête.

– Riche comment ?

– Riche comme Crésus. Riche comme tu ne peux pas imaginer. Le café s'est révélé une manne inépuisable. Et il a tout fait, cette fois, pour ne plus connaître la ruine, pour ne plus se laisser surprendre par les aléas du sort. Pour cela, il n'a pas hésité à pratiquer la politique de la terre brûlée afin d'obtenir les terrains les plus propices à moindre prix. Ainsi, en spoliant les Indiens, il est devenu le plus puissant propriétaire foncier de toute la région et, sans doute, l'un des plus grands producteurs de café du pays. Depuis, il n'a jamais plus quitté Esmeralda. Cela fait maintenant dix ans que l'histoire a commencé...

Cerveza avait raison. Dans cette région coupée du reste du monde, aux confins du Venezuela, du Brésil et de la Colombie, un roi du café pouvait aisément devenir fou sans que cela nuise à son commerce. Ce que les gens ne savaient pas – ou feignaient d'ignorer –

c'était que pour arriver à ses fins, Rodrigues n'avait pas hésité à décimer des tribus entières d'Indiens, et à faire exterminer tout nouveau planteur de café prêt à empiéter sur son territoire. C'est pourquoi il était dangereux. Dangereux et méfiant.

Or, la venue d'Amazone Steinway l'avait rendu plus méfiant encore.

Sans un mot, le musicien se leva de sa chaise, entra dans la taverne et se dirigea lentement vers le piano que Jesus Diaz avait remisé au fond de la salle. Puis, il ôta son chapeau et, après avoir hésité un instant, comme s'il se reprochait de l'avoir abandonné là, s'approcha de l'instrument en silence. Il posa délicatement sa longue main sur le clavier et en caressa le vernis. Enfin il finit par s'asseoir sur le tabouret et joua quelques notes. Deux ou trois accords mineurs improvisés sur la trame mélancolique qu'il avait en lui et qu'il tissait de ses doigts fluides. Cela donnait des ouvrages d'une éphémère beauté, des tapis de notes destinées à émouvoir le silence puis à s'en aller flotter vers les nuées.

Voilà ce que jouait Amazone Steinway. Pas

seulement de la musique. Ce qu'il avait dans le cœur s'exprimait là, au moyen des quatre-vingt-quatre touches noires et blanches du clavier.

– J'ai réfléchi à ce que tu as dit hier au soir. Cette histoire de Cassiquiare, c'est bien joli, mais...

– Mais ? interrogea Amazone en observant Cerveza du coin de l'œil.

– Comment veux-tu aller là-bas ?

Le musicien dévisagea le barman et, sans se démonter, lui répondit :

– Un homme doit me guider.

– Un homme ? Quel homme ?

– Un Indien. Un Indien qui connaît les moindres méandres du fleuve.

Cerveza fronça les sourcils.

– Où se trouve-t-il, cet Indien ?

– En principe, je devais le retrouver à San Carlos.

Sans même lever les yeux, tout en laissant ses doigts jouer ce qu'ils voulaient, Amazone Steinway reprit la parole :

– Même si je dois voler le bateau et reprendre ce piano de force, j'irai là-bas.

Cerveza loua la détermination de son compagnon mais lui fit tout de même remarquer qu'entreprendre un tel voyage n'était pas chose aisée.

– Le malheur, c'est que pour rejoindre le Cassiquiare, on est obligé de passer par San Carlos. Et là-bas, tout le monde connaît le bateau et sait qu'il appartient à Rodrigues.

– Pas moyen de faire autrement ?

– Non. C'est le seul passage.

Amazone parut réfléchir. Mais à quoi peut bien réfléchir un homme qui joue aussi bien du piano ? A la musique qui coule de ses doigts, à une promesse ancienne, à ce piano blanc qui ne lui appartient plus vraiment ? Sans doute tout cela à la fois. Un instant, il s'arrêta de jouer et dit :

– Alors, s'il n'y a pas d'autre passage, j'emprunterai cette route.

Puis il reprit le fil de sa musique. A aucun moment, il n'avait quitté le piano des yeux. Pourtant, il ne voyait plus le clavier, comme occupé à regarder quelque chose d'invisible. Quelque chose que les autres ne pouvaient voir.

Quelque chose qu'il savait au fond de son âme. Et qui ne regardait que lui.

Cerveza frappa du poing sur le comptoir d'un air rageur.

– Si tu entreprends une telle expédition, je suis volontaire pour t'accompagner.

Amazone s'arrêta net de jouer, referma le piano d'un coup sec et dit :

– Je savais que je pouvais compter sur toi.

Amazone et Cerveza étaient étendus sur la rive du fleuve, à l'ombre d'un palmier, à regarder couler l'eau comme s'il s'agissait d'un torrent de regrets. Au loin, deux engoulevents chantaient dans la ramure des arbres et, parfois, rasant la surface de l'eau, passait devant eux un oiseau au plumage coloré.

C'était l'heure de la sieste et Esmeralda semblait engourdie dans un sommeil sans fin, une langueur immobile comme un suc poisseux, une glu dont il était impossible de sortir. Même le fleuve semblait couler avec lenteur.

– Je ne comprends pas vraiment, Amazone.

– Qu'est-ce que tu ne comprends pas ?

Cerveza, adossé à un sac de café, tentait désespérément de digérer le repas de midi, constitué de viande de pécari et de haricots rouges en sauce. Quant à Amazone, brisé de fatigue, il luttait pour ne pas sombrer.

– Je ne comprends pas pourquoi tu es prêt à prendre de tels risques pour un piano blanc.

Le regard du musicien devint soudain un grand lac de tristesse.

– Tu ne comprends pas parce que tu ne veux pas comprendre.

– Comprendre quoi, au juste ?

– Que tout cela en vaut la peine.

Cerveza se redressa et regarda son compagnon, essayant de déchiffrer le mystère que cachaient ces paroles. Puis, comme rien ne venait, Amazone s'expliqua :

– Est-ce que tu connais la force des regrets ?

– De quels regrets parles-tu ?

– Par exemple, peux-tu me dire ce qu'on ressent quand on tient une boule de neige dans la main ?

– Quoi ?

– Est-ce que c'est aussi froid et aussi beau qu'on le dit ?

Amazone, soudain réveillé, montrait de grands yeux émerveillés. Un regard d'enfant le soir de Noël.

– La neige ? Pourquoi me parles-tu de la neige ?

Cerveza ne comprenait pas ce que la neige venait faire dans la conversation. Le musicien se releva, s'assit et continua :

– Quand j'ai un rêve en tête, je fais tout pour le réaliser. Et j'ai toujours rêvé de deux choses : posséder un piano blanc et voir la neige. Pour moi, ce sont les deux plus belles choses qu'il y ait au monde. La musique et la neige. Depuis toujours, j'y pense constamment. Pour la musique, je sais exactement ce qu'on ressent quand on joue un air sur un piano blanc. C'est difficile à expliquer, mais je crois qu'il n'y a rien de plus beau. A part, peut-être, faire l'amour à une femme...

Un long silence.

– Mais je ne sais pas ce qu'on ressent lorsqu'on tient de la neige dans sa main.

Cerveza, les yeux écarquillés, ne voyait pas très bien où Amazone voulait en venir. Comment, songeait-il, comment peut-on être ému au contact de la neige ? Avec un air de musique, ou le parfum de la peau d'une femme, il pouvait le comprendre. Mais avec de la neige ?

– Tu veux dire que tu n'as jamais vu la neige de toute ta vie ?

– Non. J'ai toujours vécu à Belém.

– Pas de chance.

– Pas de chance, c'est vrai. Mais je me suis promis qu'un jour je la verrais. Et maintenant je suis là, à Esmeralda, et il y a peu de chances que mon rêve se réalise.

Amazone avait presque les larmes aux yeux. Cette histoire de neige lui rappelait certain souvenir d'enfance.

La première fois que la neige avait fait irruption dans sa vie, c'était au cours d'une journée triste et belle. A cette époque, Amazone n'était qu'un enfant et il habitait près du port de Belém, là où la neige la plus familière était le coton dont les navires étaient chargés. Il n'allait pas encore à l'école, il restait à la maison avec sa mère et commençait déjà à jouer sur un vieux piano qui traînait dans la cour et que son père avait récupéré Dieu sait où. L'instrument sonnait faux, mais c'était déjà quelque chose de magique, un piano qui sonnait faux. Il était si vieux et en si mauvais état qu'on pouvait imaginer sans mal ce qu'il avait enduré. Sur le clavier recouvert de taches d'humidité, on ne parvenait plus à distinguer les touches noires des blanches, et les marteaux frappaient les cordes en sourdine. Pourtant, avec un peu d'oreille, on parvenait parfois à croire qu'il sonnait juste. Et de l'oreille, Amazone en avait.

Donc il jouait et jouait sans cesse, le piano sonnait de plus en plus faux, et lui, Amazone, qui ne s'appelait pas encore Amazone Steinway – mais les noms à quoi ça sert –, l'entendait chaque jour jouer de plus en plus juste.

Cela dura trois ans. Trois années au cours desquelles l'enfant se perfectionna et devint un véritable virtuose. Jusqu'au jour où, par un malencontreux hasard imputable aux aléas de l'existence et à la nécessité de survivre, il se passa cette chose d'une tristesse absolue : le père d'Amazone vendit le piano à un antiquaire contre la promesse qu'il l'en débarrasserait au plus vite et qu'il obtiendrait de sa part une somme d'argent équivalant à trois fois la valeur de l'instrument. L'homme, un collectionneur qui recherchait de tels objets, non pour en jouer mais pour les revendre au musée national de la Musique après leur avoir redonné le lustre et la patine qui leur faisaient défaut, paya comptant la somme demandée et emporta le piano sur-le-champ.

C'est ainsi que, quelques semaines plus tard, l'instrument sur lequel Amazone avait appris à jouer, le piano qui lui avait tout donné et en qui il avait trouvé le compagnon le plus fidèle de toute son enfance, fut exposé en vitrine au musée de Belém.

A compter de ce jour maudit, l'enfant ne cessa d'implorer et de questionner son père :

– Pourquoi avoir vendu le piano ?

– Parce qu'il était vieux, qu'il sonnait faux et que nous avions besoin d'argent.

– Quand est-ce que tu pourras m'en acheter un neuf ?

Le père levait les yeux au ciel et répondait avec espièglerie :

– Le jour où il se mettra à neiger.

Depuis ce jour, Amazone Steinway attend que la neige se mette à tomber.

Amazone Steinway rangea cette page de souvenirs bien à l'abri dans sa mémoire et dit :

– Quand j'étais gosse, j'avais deux rêves. Pendant dix ans, j'ai été heureux parce que j'avais pu réaliser le premier : posséder un piano. Maintenant, je viens de le perdre et mon deuxième rêve semble compromis ; sans doute ne verrai-je jamais la neige. Et cela aussi sera un regret.

Cerveza, excité par l'alcool, se leva en s'écriant :

– Je te promets que si, tu la verras. Et ton piano, tu le récupéreras.

Puis, plus réaliste, il se rassit et ajouta :

– Qu'est-ce qu'on va bien pouvoir faire pour y arriver, Amazone ?

Le musicien but une gorgée d'alcool et annonça :

– Attendre. Attendre que la neige tombe. Ou bien qu'un ange vienne nous tirer de là.

IV

La chance

Comme on pouvait s'y attendre, la neige ne tomba pas. Mais, par un fait inexplicable et sans doute miraculeux, trois semaines plus tard, un ange arriva à Esmeralda.

Ce n'était pas à proprement parler un ange. Plutôt un messager. Il avait l'apparence d'un Indien habillé de couleur sable et coiffé d'un chapeau de toile. Ses yeux et ses cheveux étaient d'un noir profond. Et sa peau était cuivrée, comme recouverte d'or fin.

Personne ne savait d'où il sortait et comment il avait débarqué à cet endroit, par cette nuit d'été. Sans doute parce que les anges viennent de nulle part et apparaissent soudain dans les endroits les plus insolites, un peu comme une météorite traverse l'atmosphère et va s'échouer en plein désert, là où personne ne l'attendait.

Cet homme-là, personne ne l'attendait non plus, sauf peut-être Amazone Steinway et le piano blanc. Mais, comme toute entité supérieure, il arrivait au bon endroit et au bon moment. Et dès lors qu'il fut là, l'idée de sa présence devint non seulement nécessaire mais lumineuse et évidente. Le piano attirait, aimantait les êtres venus d'un autre monde avec une force exceptionnelle. Sans la musique du piano, rien ne serait arrivé, jamais. Mais aussitôt qu'il se mettait à jouer, tout devenait possible.

D'abord, ce que l'Indien entendit, ce fut la musique d'un piano. Une musique légère et colorée d'accords de jazz, une musique qui glissait lentement sur les murs et le plancher, coulait comme un torrent par les fenêtres et la porte d'entrée, puis s'élevait dans l'air moite au-dessus du fleuve et finissait par disparaître dans la jungle. Une musique reconnaissable entre toutes : celle du piano blanc d'Amazone Steinway.

Ce soir-là n'était pas un soir comme les autres. Le musicien l'avait perçu à la façon dont son piano se laissait mener sous la cavalcade étonnante de ses doigts. Le piano semblait le précéder, comme s'il avait su par avance ce que lui, Amazone, désirait jouer. Les touches, à peine effleurées, actionnaient les marteaux qui faisaient résonner les cordes. Il se passait ce soir-là quelque chose d'extraordinaire et d'inexplicable. Le piano allait plus vite que la musique.

– Merde ! Je n'y comprends plus rien ! tonna Amazone, se laissant aller à une grossièreté inhabituelle, car il venait soudain de comprendre que son piano jouait tout seul.

Ce soir-là, donc, il y avait beaucoup de monde à la taverne Rodrigues. On aurait dit que tous les habitants des bords du Rio Negro, à cent kilomètres à la ronde, s'étaient donné rendez-vous là, un peu pour écouter Amazone Steinway jouer, bien sûr, parce que désormais sa réputation était faite et avait franchi allégrement les limites des territoires régentés par Rodrigues, mais aussi parce qu'on était vendredi et que le vendredi était le jour de paie des seringueros.

Le vendredi, c'était désormais un rituel, tous les employés travaillant sur les plantations de café du Brésilien rapportaient à Esmeralda leur production de la semaine. On les voyait arriver par groupes entiers sur les berges du fleuve, assis dans leurs barges, et se diriger vers l'entrepôt du village. Après avoir pesé leurs sacs de café les uns après les autres, puis être passés devant le comptable récupérer leur maigre pécule, ils se précipitaient au magasin général pour acheter quelques marchandises dont ils auraient besoin dans la jungle. Ensuite, ils se regardaient dans le blanc des yeux et comptaient les quelques billets qu'il leur restait.

– Tiens, si on allait à la taverne Rodrigues ? disait le premier d'entre eux.

– Oui, de toute manière, qu'est-ce que tu veux faire avec de l'argent dans la jungle ?

– Tu as raison, là où on vit il n'y a rien à acheter.

– On risque juste de se le faire voler. Alors autant le boire.

– D'accord, et comme ça on pourra écouter ce type... ce pianiste... comment il s'appelle déjà ?

– Amazone quelque chose... Amazone Steinway, je crois.

– Oui, c'est ça, allons boire un verre ou deux

et écouter le piano magique d'Amazone Steinway.

– Il paraît que c'est pas un piano mécanique et que c'est lui qui joue réellement.

– Tu en es sûr ?

– Je ne sais pas. En tout cas, ce qui est certain, c'est que ce type est le seul Noir de toute l'Amazonie qui joue sur un piano blanc.

C'était une nuit de pleine lune, avec une chaleur torride, des centaines de moustiques venus en cohortes des sources du Solimoes et pas mal d'électricité dans l'air. Une nuit à finir fin saoul, sans un sou, entre les cuisses d'une femme. Une nuit à se laisser vivre. La même nuit que la semaine précédente et sans doute que la semaine suivante. Une nuit de fête dans la jungle amazonienne.

Lorsque l'Indien poussa les portes de la taverne, la musique du piano s'arrêta. Et ça, c'était quelque chose d'étrange. Personne ne sut si c'était Amazone qui avait suspendu son geste ou le piano qui avait arrêté de jouer, mais tout le monde comprit qu'il se passait quelque chose d'insolite. Depuis qu'il avait échoué dans ce coin perdu, et dès qu'il commençait à jouer de ce piano blanc, Amazone ne s'était jamais arrêté au beau milieu d'un morceau de musique. Jamais. C'était un sacrilège qu'il n'avait jamais commis. Et là, l'Indien entra, en plein milieu d'un morceau de jazz, et la musique s'arrêta. Net. Comme si les cordes de l'instrument avaient été sectionnées et que le piano sonnait maintenant à vide. On pouvait voir les doigts du musicien parcourir les touches du clavier muet, les effleurer avec des caresses que lui seul connaissait, former des accords de sixième, de septième et de neuvième, sans entendre le moindre son. Comme si Amazone Steinway s'était tout à coup mis à jouer un morceau de silence. Quelque chose de trop aérien et de trop subtil pour l'oreille humaine.

Tout le monde comprit que ce ne serait pas une nuit comme les autres et qu'il y aurait du grabuge. Tout le monde, même le pianiste. Il y avait là une quarantaine d'hommes, tous en sueur, disséminés dans la salle, certains accrochés au comptoir comme si leur vie en dépendait, d'autres occupés à jouer aux cartes, tous à discuter et à faire la fête. Quand l'Indien entra et que la musique cessa, tous se turent et regardèrent le pianiste sans comprendre. Mais dans le miroir que formaient ses yeux, il y avait un reflet. Un reflet qui était la réponse à leur question. Un reflet qui se tenait debout, près de la porte d'entrée de la taverne.

Tous les hommes tournèrent soudain la tête et dévisagèrent l'étrange apparition dans un silence pesant. On aurait dit que même les moustiques s'étaient arrêtés de voler. C'est que les nouvelles têtes se faisaient rares dans cette région, et chaque fois, c'était un événement auquel même les insectes avaient du mal à s'accoutumer.

L'Indien s'arrêta quelques secondes sur le seuil, relâcha les deux battants de la porte, ce qui produisit un grincement épouvantable, rajusta son chapeau d'une main lente et sereine et avança d'un pas. Il était désormais en pleine lumière et tout le monde put se rendre compte de sa haute taille et de son aura particulière. Son habit de toile beige lui donnait un air élégant peu habituel dans ce genre de contrée. Et le plus remarquable, c'était que malgré cette chaleur qui vous prenait à la gorge, malgré cette moiteur insupportable qui vous empoignait, il semblait n'en être nullement affecté.

Il resta quelques secondes sous la lumière puis avança lentement. Sept pas. Avec une lenteur calculée. Sept pas qui semblèrent durer une éternité.

C'était la première fois qu'un Indien yanomami venait à Esmeralda.

L'Indien s'arrêta devant le comptoir.

– Une cachaça. Avec du piment. Beaucoup de piment.

Dit-il. Puis il sortit un cigare de la poche de son gilet, juste à l'endroit du cœur, gratta une allumette, après quoi, tranquillement, il alluma le cigare, jeta l'allumette carbonisée sur le plancher et se mit à fumer. Dans un silence de mort. Simplement le bruit de ses pas sur le plancher, le son de sa voix, le frottement de l'allumette et, derrière tout ça, une quarantaine d'hommes, le souffle coupé, le suivant du regard sans oser proférer la moindre parole.

Un Indien yanomami vêtu comme un Blanc et, pire, qui fumait le cigare, méritait une certaine considération et attisait toutes les curiosités.

– Bon Dieu ! s'exclama Jesus Diaz, j'ai jamais vu ça !

Le barman – qui n'était autre que Cerveza – le servit à contrecœur. Dans un verre sale.

– Voilà.

L'Indien lui jeta un billet froissé et collant que Cerveza prit en grognant.

– Qu'est-ce que tu viens faire ici, l'Indien ?

C'était la voix de Rodrigues. Juste dans son dos. Pour lui, tous les Indiens étaient des sauvages, et son intérêt consistait à leur prendre leur maigre argent et à les mettre à la porte ensuite. Rodrigues n'aimait pas les Yanomami et la tête de celui-là ne lui revenait pas. Mais l'homme ne répondit pas et ne se retourna pas tout de suite. D'abord, il prit son verre, le porta à ses lèvres et le but lentement. Puis, quand il l'eut fini, il le reposa, s'essuya la bouche du revers de la main et ne daigna même pas se retourner.

Debout, un cigarillo planté entre les lèvres, une main caressant l'étui de son revolver, le visage sec et le regard froid et vert, Rodrigues commençait à s'impatienter. Il n'était pas seul. A ses côtés, trois acolytes trépignaient d'impatience. Ils étaient tous armés et on sentait bien que ces types-là avaient l'index chatouilleux.

– Une autre cachaça. Avec beaucoup plus de piment.

Dit l'Indien. Sans jamais se retourner. Il regardait devant lui, et pourtant il n'y avait rien d'intéressant à regarder. Pas même une glace. Juste quelques étagères sales avec des bouteilles de whisky. Mais il continuait à regarder droit devant lui comme si, de là où il se trouvait, il pouvait apercevoir toute l'étendue de l'Amazonie.

Dans son dos, il percevait le souffle de ces hommes, leur sueur, leur haine et le goût âpre du cigarillo de Rodrigues. De la chique à tabac. Pas un vrai cigare de La Havane. Décidément, ce Brésilien ne valait pas grand-chose.

Il savait qu'ils étaient quatre, avec chacun deux pistolets à six coups, soit vingt-quatre balles qui l'attendaient, juste dans son dos. Pourtant il ne bougeait toujours pas.

– Ne fais pas le malin, l'Indien. Tous ceux qui ont tenté de rouler Rodrigues sont repartis les pieds devant.

Silence glacial.

– Je te parle, l'Indien. Tu ferais mieux de te retourner. J'aime pas tirer dans le dos des gens.

L'homme ne répondit rien. Et ne se retourna pas. Pas encore.

– A trois, je tire...

Toujours rien. Pas un geste.

Rodrigues se mit à suer comme un porc. Son haleine fétide exhalait une odeur d'oignons rances macérés dans du vinaigre.

– Un... Deux...

Rodrigues ne put jamais terminer sa phrase. L'Indien ouvrit enfin la bouche et dit :

– C'est vous qui puez comme ça, colonel ?

Le Brésilien devint blême. Cet homme venait de l'insulter. Pire encore, il connaissait son titre. Rodrigues comprit que l'Indien était venu pour lui régler son compte. Il se mit à trembler et éructa :

– Qui que tu sois, tu vas apprendre que si on le cherche, on finit toujours par trouver Alvaro Emiliano Rodrigues.

Et il fit jouer le percuteur de son pistolet.

L'Indien pivota lentement sur ses talons et se retrouva soudain face au colonel. Son visage était beau et lumineux, et cela faisait tellement longtemps qu'ils n'avaient plus aperçu la beauté que tous en demeurèrent pétrifiés. Rodrigues, lui, en resta bouche bée. Paralysé, il ne put esquisser le moindre geste, se contentant de transpirer et de souffler comme un bœuf.

– Si j'étais à votre place, colonel, je dirais à vos hommes d'éviter de me tirer dans le dos.

Il recracha la fumée de son cigare dans le visage de Rodrigues qui se mit à tousser.

– Baissez vos armes, ordonna-t-il.

Le colonel, pour se donner une contenance, parvint à murmurer :

– Ton cigare pue, l'Indien. Tu devrais essayer la chique.

– Ah oui ? Moi, je ne sens rien, répondit-il d'une voix étrangement calme.

Il regarda le Brésilien avec intensité et continua :

– Peut-être que la seule chose qui pue ici, c'est vous, mais heureusement pour moi, votre odeur est si lourde qu'elle ne s'élève pas du plancher.

L'Indien était si grand et Rodrigues si minuscule que, visiblement, les deux hommes ne respiraient pas le même air.

Rodrigues était dans une fureur indescriptible. Mais il était aussi vert de peur et n'osait rétorquer devant cet homme sorti de nulle part.

– Qu'est-ce que tu me veux ? Me tuer, c'est ça ? Mais je te préviens que si tu me descends, tu ne sortiras pas d'ici vivant.

L'Indien tira calmement sur son cigare, comme s'il avait tout le temps devant lui.

– Qui parle de vous tuer, colonel ?

– Alors pourquoi es-tu venu ?

– Parce que j'avais besoin de régler une petite affaire.

Un long silence pendant lequel les deux hommes se dévisagèrent avec intensité.

– Et puis, essayez de réfléchir un peu, colonel. Si j'étais venu vous descendre, je l'aurais fait tout de suite en entrant.

– Je ne crains pas les gens de Belém. Tout ça me fait bien rigoler.

– Qui vous parle de Belém ?

Rodrigues écarquilla les yeux, incrédule.

– Ce n'est pas le gouvernement qui t'envoie ?

– Non.

Silence terrible.

– Alors qui est-ce ? parvint à murmurer Rodrigues, en reculant de trois pas et en s'appuyant sur le dossier d'une chaise.

L'Indien tira tranquillement sur son cigare avant de répondre :

– C'est Amazone Steinway.

Ce nom cingla dans l'air comme un claquement de fouet.

– Amazone Steinway ?

– Lui-même.

Un immense désarroi saisit le colonel. Ainsi cet homme, unique rescapé d'un terrible naufrage – il en avait eu la confirmation à la mairie d'Içana, se gardant bien d'informer les autorités qu'il existait un survivant –, était de mèche avec cet Indien. Mais où et quand s'étaient-ils connus, voilà probablement ce qu'il ne saurait jamais.

Rodrigues s'essuya le front avec son mouchoir sale, réfléchit quelques secondes et comprit que, de toute manière, le musicien aurait toujours le dernier mot. Il se tourna alors vers le pianiste et l'interrogea :

– D'accord, Amazone, dis-moi ce que tu es venu faire à Esmeralda. Et pourquoi tu as fait venir cet homme.

Le musicien demeura imperturbable. Par dépit, le colonel se retourna à nouveau vers l'Indien et demanda :

– Puisqu'il ne veut pas répondre, dis-moi au moins, toi, ce que tu es venu faire ici, à Esmeralda ?

L'homme leva les yeux vers le colonel et retourna lentement s'adosser au comptoir. Le bruit de ses pas, sur les planches pourries du bar, produisait chaque fois un grincement insupportable. Puis il écarta lentement son habit de toile, plongea sa main dans sa poche et l'en ressortit aussitôt en fermant le poing.

– Je suis venu chercher Amazone et le piano blanc.

– Le piano ne lui appartient plus.

L'Indien eut un geste d'étonnement.

– Alors je peux le racheter avec ceci.

Il ouvrit la main et un éclat de feu d'un vert intense glissa sur le bar. Un éclat d'un vert plus puissant que toute la jungle amazonienne.

Rodrigues ne put s'empêcher de siffler d'admiration.

– Une émeraude ! Bon Dieu, elle est superbe !

Aimanté par la pierre précieuse, il allait la toucher du doigt lorsque l'Indien, plus rapide que lui, s'en empara et la fit disparaître dans sa main.

– Cette pierre revient de droit à Amazone.

Le musicien, qui jusque-là était resté d'un stoïcisme absolu, referma brutalement le couvercle de son instrument et se leva d'un bond. Puis il s'approcha à pas lents des deux hommes, regarda l'Indien droit dans les yeux et conclut :

– Mendes, mon frère. Je savais bien que tu finirais par me retrouver.

Amazone Steinway posa sa main sur l'épaule de Mendes en témoignage d'affection et l'Indien lui tendit la pierre précieuse. Le musicien s'en saisit et, presque aussitôt, se tourna vers le colonel. Rodrigues eut un sentiment d'angoisse. Il gardait son arme pointée sur eux mais hésitait à tirer. Ces deux-là n'étaient pas des hommes ordinaires. Quelque chose lui disait qu'ils auraient toujours le dessus. Même s'il se mettait à tirer il était presque certain que les balles traverseraient leurs corps, iraient ricocher contre le mur et l'une d'elles, sans doute, finirait sa course juste au milieu de son crâne. C'était difficilement explicable, mais il ressentait ça avant de comprendre, comme une intuition. Le colonel se mit à trembler et à cet instant prit conscience des limites de son pouvoir. Il baissa son arme et finit soudain par céder.

– D'accord, Amazone, je te rends ton piano contre l'émeraude et tu débarrasses le plancher.

Amazone eut un sourire.

– Je vois que vous devenez raisonnable.

Il ajouta :

– Mais j'ai mieux à vous proposer.

– Quoi donc ? demanda Rodrigues.

Un long silence.

– Je veux faire une dernière partie de dés avec vous.

Les mâchoires de Rodrigues se crispèrent.

– Une partie de dés ? D'accord, si tu y tiens vraiment.

– J'y tiens plus qu'à tout.

Rodrigues se mit à rire. Finalement, tout semblait s'arranger pour le mieux. Il fit un signe vers le fond de la salle, indiquant la table de jeu.

– C'est ce que nous allons voir tout de suite.

– Mais d'abord, je vais me dérouiller les doigts sur le piano.

Alors Amazone Steinway, tirant sur son éternel cigare, s'approcha du piano blanc et se mit à jouer un de ces blues qui débutaient comme une musique douce, presque anodine, puis qui gravissaient lentement, l'une après l'autre, les marches chromatiques rapprochant les hommes de la musique des dieux, jusqu'à atteindre le seuil du paradis.

D'abord la musique d'un piano, quatre ou cinq notes à peine, un rythme lancinant joué à une seule main, la gauche, puis soudain la main droite entra en scène et alors tout commença, comme si le soleil se levait soudain et éclaboussait, dévoilant l'immensité du monde.

Et c'est ainsi que commença la seconde partie de dés entre le colonel Rodrigues et Amazone Steinway, un soir d'orage, dans une taverne d'Amazonie, sur les bords du Rio Negro.

Le colonel prit place à la table de jeu et s'adressa à son adversaire.

– Assieds-toi, le virtuose.

Le musicien prit un siège adossé au mur de planches, juste en face de la porte. Cerveza apporta deux bières et Amazone but la sienne tout en dévisageant Rodrigues. Le colonel sortit les dés de la poche de sa chemise et les posa au milieu de la table.

– Voici les dés.

Puis il prit une liasse de beaux billets verts et la fit miroiter à l'assistance. Il y avait là deux mille dollars.

– Et voici le prix de mon bateau.

Amazone plaça l'émeraude devant lui. Une émeraude si belle que tous les yeux des spectateurs en brillèrent de convoitise.

– Voici celui du piano. Je l'estime au même prix, soit deux mille dollars. L'enjeu est donc de quatre mille dollars. Celui de nous deux qui remportera une telle somme sera déclaré vainqueur.

A cet instant, les deux perruches dans leur cage se mirent à crier et à se battre à grands coups de bec, comme si elles comprenaient qu'il se passait quelque chose d'important. Cerveza les fit taire en les plongeant dans l'obscurité.

Rodrigues annonça :

– C'est d'accord...

Et la partie commença.

Au début, Rodrigues gagna avec une étonnante facilité. Plusieurs fois, il écrasa Amazone avec des six qui semblaient apparaître par magie.

– Vous avez de la chance, ce soir, colonel, lui dit le musicien.

Rodrigues sourit de toutes ses dents.

– Je suis toujours en veine pour le jeu.

Derrière eux, Jesus Diaz et les autres employés du colonel se lançaient des œillades en souriant, trop heureux de voir un étranger se faire plumer par leur chef. Ce soir, après la partie, il y aurait sans doute tournée générale de cachaça, et pour tous ces péons, l'idée de s'enivrer à peu de frais constituait une aubaine trop rarement goûtée dans ce coin perdu. Seul l'Indien restait imperturbable, debout au comptoir, jetant de temps à autre un regard furtif à la table de jeu. Quant à Cerveza, trop occupé à servir tous ces ivrognes, il ne voyait rien de ce qui se passait autour de lui.

– Au fait, Mendes, demanda Amazone tout en continuant à jouer. Comment as-tu réussi à me retrouver aussi vite ? Je croyais devoir moisir ici pendant des mois.

L'Indien, toujours aussi impassible, but une gorgée d'alcool pimenté avant de répondre.

– Cela n'a pas été difficile. Sur les rives du Rio Negro, tout le monde a entendu parler de l'homme au piano blanc. Tu es devenu une véritable légende.

Amazone sourit. Rodrigues aussi, mais pas pour la même raison.

– Tu es peut-être en train de devenir une légende, intervint ce dernier, mais tu n'es pas encore parti d'ici.

Et rien n'était plus vrai car, à cet instant précis, Amazone perdait.

– Patience, colonel. C'est maintenant que les choses vont prendre une tournure différente.

Car, comme en toute chose, il savait que tôt ou tard, la roue de la fortune allait tourner en sa faveur. Et qu'après l'étape des regrets viendrait celle de la chance.

Le musicien fit rouler son cigare entre ses lèvres puis, tout en implorant secrètement le Ciel de lui faire signe, lança les trois dés au milieu de la table. Sa main resta en suspens dans l'air jusqu'à ce que les dés s'immobilisent et permettent enfin à la prophétie de se réaliser.

– Triple six ! dit-il en tentant de dissimuler sa joie. A vous, colonel.

Rodrigues coula un regard gêné vers son adversaire, puis jeta les dés à son tour.

– Deux cinq et un trois. C'est raté.

Amazone rafla les deux cents dollars de mise avec un sourire qui en disait long sur ses intentions.

– Alors, on continue ?

Rodrigues sembla hésiter, mais comme personne ne semblait vouloir que la partie s'arrête en si bon chemin, il choisit de se taire et d'accepter.

– On continue. La partie n'est pas finie, Amazone.

– Vous avez raison, colonel. Elle ne fait que commencer.

Le musicien gagna encore à trois reprises. Et l'émeraude, le piano et le bateau tombèrent peu à peu dans son escarcelle.

Rodrigues commença à perdre totalement confiance en lui. Il eut beau embrasser les dés du bout des lèvres, caresser de sa main la médaille qu'il portait autour du cou, implorer le Ciel à son tour et se signer à plusieurs reprises, rien n'y fit. Les as et les six avaient disparu, laissant la place à des deux et des trois de mauvais augure. Dès lors, chaque manche fut remportée haut la main par son adversaire.

Lorsque son dernier dollar s'envola, n'y tenant plus et jugeant que la comédie avait assez duré, le colonel jeta l'éponge.

– Tu as gagné, Amazone. Je m'incline. Il n'y a décidément rien à faire contre toi ce soir.

De sa vie, il n'avait jamais perdu autant d'argent à la fois ni connu pareille humiliation devant ses hommes.

Dehors, l'air saturé d'électricité depuis le début de la soirée tourna soudain à l'orage. Des éclairs déchirèrent le ciel et il se mit à pleuvoir à verse. Des milliers d'aiguilles tombèrent sur le toit de la taverne avec une telle violence qu'il fut bientôt impossible de s'entendre.

Le colonel, se servant de sa main comme d'un porte-voix, s'époumona :

– Maintenant que la partie est terminée, tu peux me dire où tu comptes aller avec ce piano ?

Amazone sourit tranquillement et attendit quelques secondes avant de répondre, le temps que la pluie tombe avec moins de fracas. Ce qui arriva très vite, les orages dans cette région ayant la particularité d'être aussi brefs que violents. Puis il annonça d'une voix sereine :

– Sur le Cassiquiare.

Rodrigues, incrédule, eut un rire gêné.

– Comment veux-tu transporter un piano jusqu'au Cassiquiare ? Il n'existe pas de fleuve plus accidenté.

– C'est mon affaire.

Rodrigues hésita quelques secondes puis se décida enfin :

– D'accord, c'est ton affaire. Mais je t'assure, je ne vois pas comment tu vas...

– Moi si ! l'interrompit Amazone. Je vois très bien comment je vais m'y prendre. Je vais mettre le piano sur le bateau et continuer mon voyage.

Le colonel était complètement sonné, ahuri par ce qui venait de se passer. C'était la première fois depuis des années qu'il perdait aux dés. Une émeraude, un piano et un bateau. Sans compter l'honneur. Accablé, il ne savait plus où il en était. Le monde autour de lui s'était soudain écroulé et il restait là, les bras ballants, à répéter cette phrase comme une ritournelle :

– Un piano, avec un peu de chance et un bon bateau, tu peux le transporter jusqu'à San Carlos, mais après, avec les rapides et les cataractes, comment faire ?

Le bateau, il en avait déjà fait son deuil. L'émeraude, un peu moins, mais de toute manière elle ne lui avait jamais appartenu. La seule chose qui l'intéressait était de savoir comment Amazone Steinway allait pouvoir transporter le piano jusqu'au Cassiquiare. C'était quelque chose qu'il n'arrivait pas à comprendre.

Pour savourer sa victoire, le musicien commanda un autre verre, qu'il but en portant un toast à l'assemblée. Dans son dos, l'Indien souriait.

– Comment s'appelle-t-elle ? demanda Rodrigues dans un éclair de lucidité.

Pas de réponse.

– Comment s'appelle cette femme ?

Un silence.

– Quelle femme ?

– Celle pour qui tu fais tout cela. Quel est son nom, Amazone ?

Le musicien, son cigare coincé à la commissure des lèvres, répondit d'une voix presque inaudible, les obligeant à tendre l'oreille pour entendre ce qu'ils attendaient tous comme une délivrance depuis le début :

– Vous vous trompez, colonel. Il n'y a pas *une* femme à l'origine de tout cela...

Amazone leva les yeux vers l'Indien qui, sans doute, était le seul à connaître la vérité.

Puis, certain de son effet, et jugeant qu'il avait assez fait languir son auditoire, il annonça :

– Il y en a deux.

Amazone n'en révéla pas davantage et, comme à son habitude, se mit au piano. Sans doute pour la dernière fois avant de quitter définitivement Esmeralda.

– Belle musique que tu joues là ! fit le colonel, devenu tout à coup esthète.

Le musicien ne leva pas les yeux. Il jouait et c'était tout ce qui lui importait pour le moment. Jouer. Et avant tout la musique qu'il aimait.

– C'est du jazz.

– Je sais bien que c'est du jazz. Mais c'est quoi, cet air ? Un morceau à toi ?

– Non. Plutôt à vous, désormais.

– Pourquoi à moi ?

Amazone observa un long silence tandis que l'Indien, toujours accoudé au comptoir, observait la scène, l'œil aux aguets, prêt à intervenir en cas de danger.

– Parce que le piano va partir, mais la musique restera là.

– Alors, c'est décidé, tu t'en vas ?

– Oui. C'est décidé.

– A cause de deux femmes ?

Amazone ne répondit pas tout de suite.

– Si vous voulez le savoir, colonel, vous n'avez qu'à venir avec moi.

Un silence.

– Pourquoi pas ?

Cette fois, le musicien leva les yeux et vit que le colonel le regardait avec gravité. Alors, sans s'arrêter de jouer – une musique si envoûtante qu'elle se glissait partout dans la taverne et dans les âmes –, il lui demanda :

– Vous êtes sérieux ?

– Ça dépend. Tu vas où, exactement ?

Amazone fit un signe de tête vers le nord.

– Je l'ai dit. Sur le Rio Cassiquiare.

– Le Cassiquiare, c'est assez vague. Si tu me montrais sur la carte ?

Amazone s'arrêta de jouer, d'une manière si abrupte et si inattendue que même les notes de musique restèrent un instant en suspens dans l'air, puis retombèrent en pluie sur le sol – d'ailleurs, le lendemain, on devait en retrouver partout de ces notes de musique, jusque sous les paillassons, derrière le miroir au-dessus du comptoir et dans les verres de bière, comme si quelqu'un les avait abandonnées là pour toujours – il s'arrêta de jouer, donc, et, dans un silence surprenant, regarda le colonel bien dans les yeux, juste là où on peut voir l'âme des gens.

– Quelle carte ?

– Celle que tu as sur toi et qui se nomme *Amazonas*.

Le musicien, hochant la tête, tira de sa poche le rouleau de parchemin et le déplia sur le piano. Comme la première fois, tous les hommes présents se penchèrent avec avidité sur la merveille.

Amazone, indifférent à tous les commentaires, fit courir son index d'Içana jusqu'à San Carlos de Rio Negro, à la frontière vénézuélienne, bifurqua vers l'est à travers la forêt, remonta le Rio Cassiquiare vers le nord et s'immobilisa soudain à l'endroit précis où le cours d'eau rejoignait l'Orénoque près de la montagne appelée Cerro Duida et dont le pic culminait à plus de 2 400 mètres d'altitude.

– Approximativement, le lieu où je dois me rendre se trouve là.

Il pointa le doigt sur la carte et indiqua un lieu nommé Esmeralda.

Rodrigues, étonné, fronça les sourcils et s'écria :

– Esmeralda ? Mais comment se fait-il que...

Amazone prit un air amusé et déclara :

– Parce qu'il y a deux villages appelés Esmeralda. L'un au Brésil et l'autre au Venezuela. Et si le premier se trouve nulle part, le second, lui, est au bout du voyage.

Passé la surprise des premiers instants, le colonel annonça :

– Esmeralda ? C'est impossible.

Et pourtant, c'était la vérité. Il existait bien deux villages du même nom, de chaque côté de la frontière. Et si celui qu'avait fondé le colonel n'était indiqué sur aucune carte, en revanche, l'autre l'était. La carte géographique *Amazonas* en était la preuve la plus flagrante.

Rodrigues fit courir ses doigts sur le parchemin étalé devant lui, l'inspectant dans ses moindres détails, tentant de comprendre si ce document possédait une valeur officielle ou non. Le cartouche que l'officier ministériel avait apposé dans le coin inférieur droit finit de le convaincre.

– Très bien, fit le colonel. Dans ce cas, il

faut que j'aille me rendre compte par moi-même.

Il se leva de sa chaise et annonça à l'assemblée :

– Je pars avec toi, Amazone.

Stupéfaction générale.

L'Indien voulut émettre une protestation, mais le musicien l'en empêcha d'un signe de la main.

– Pourquoi pas, colonel ? Avec Mendes, cela fait trois.

Cerveza, impassible jusque-là, choisit d'intervenir :

– Je viens aussi. Ça fait donc quatre. Un minimum pour transporter ce fichu piano jusque là-bas.

Il y eut un silence dans l'assemblée, un silence que personne n'osa briser, de peur de se voir enrôler d'office dans ce dangereux périple à l'issue incertaine. Amazone réfléchit un instant et finit par acquiescer.

– D'accord, je veux bien de votre aide, nous serons donc quatre.

Il se leva à son tour et s'approcha du colonel en pointant son index sur son ventre.

– Mais je peux vous dire une chose.

– Quoi donc ? interrogèrent de concert le colonel et le barman.

Amazone les regarda tour à tour en secouant la tête.

– Vous ne savez vraiment pas, mais alors vraiment pas, dans quelle aventure vous vous lancez ! Nous n'avons pas une chance sur mille de revenir de là-bas vivants.

– Ça, on le sait, dit Cerveza. C'est ça qui fait l'intérêt d'un tel voyage. Une chance sur mille. A nous de la trouver.

Et Rodrigues conclut :

– Cerveza a raison. Et puis je n'aime pas quand le bateau part sans moi.

V

L'errance

Alors commença la cinquième étape qui se nommait l'errance. Et qui allait enfin rapprocher Amazone Steinway et le piano blanc du but ultime de leur voyage. Et les conduire, par une ironie que la vie réserve parfois, d'Esmeralda à Esmeralda.

Le lendemain, les quatre hommes se levèrent à l'aube, lorsque le premier rayon de soleil illumina le fleuve et que les oiseaux de toutes les couleurs se mirent à chanter. Amazone, l'Indien et Cerveza avaient choisi de dormir à la belle étoile, sur la terrasse de la taverne, afin de profiter de la fraîcheur nouvelle que l'orage de la veille avait apportée. Le colonel, quant à lui, avait passé une grande partie de la nuit dans son bureau, à régler certaines de ses affaires dans la perspective que son absence se prolongerait plus que de raison.

Après avoir fait leur paquetage et avalé leur dernier bol de café sur la terrasse ombragée, ils se dirigèrent vers le fleuve où le bateau de Rodrigues les attendait.

Agglutinés sur la berge du Rio Negro, les yeux encore ensommeillés, tous les habitants du village avaient tenu à assister au grand départ.

– Voilà mon bateau, s'écria le colonel, désignant du doigt un rafiot qui, semblait-il, avait écumé tous les océans avant de finir là, sur ce fleuve d'eaux boueuses, et qui espérait faire un dernier voyage avant de rendre l'âme.

– Plutôt celui d'Amazone, désormais, rectifia Cerveza.

Rodrigues tiqua, mais ne dit rien. L'Indien se hissa à bord et, se rendant compte de la vétusté de l'embarcation, fit grise mine, se demandant s'il ne serait pas plus prudent de repartir comme il était venu : en pirogue. Quant au musicien, ne prêtant aucune attention à cette querelle, il posa son paquetage sur le pont et fit le tour du propriétaire sous le regard curieux de la foule. Puis, s'appuyant au bastingage, il s'écria :

– Il me faut des volontaires pour transporter le piano sur le bateau.

Aussitôt, de nombreuses mains se levèrent.

La pluie de la veille avait détrempé la terre de telle manière que les pieds de l'instrument s'enfoncèrent dans le sol comme un couteau dans du beurre frais. Il fallut l'effort conjugué de dix hommes pour parvenir à le transporter sur quelques mètres. Enfin, le hisser à bord ne fut pas non plus tâche facile. On dut installer une passerelle de fortune et utiliser une poulie et des cordes. Durant l'opération, trois hommes tombèrent dans le fleuve et un autre se blessa à la main.

Lorsque le piano fut enfin immobilisé, il y eut un murmure de soulagement parmi l'assistance.

– Le bateau fera le reste, dit Amazone qui, déjà, s'était mis à caresser l'ivoire des touches.

Pas question d'en jouer, cependant : à quelques pas d'eux, se mettait à résonner le chant strident de milliers de grenouilles, habituées chaque matin à rendre ainsi hommage au lever du soleil.

– Erreur, rétorqua l'Indien. Jusqu'au Cassiquiare, pas de problème. Mais ensuite...

– Ensuite ?

– ... ensuite il faudra remonter les rapides et j'ai bien peur que le bateau ne soit inutile et qu'il faille terminer le voyage à pied.

– Traîner un piano à pied à travers la jungle ? s'écria Cerveza. C'est de la folie !

– Je t'avais prévenu, rétorqua le musicien. Mais ne t'en fais pas. Les Yanomami nous aideront.

Le Suisse se mit à déglutir bruyamment.

– Les Yanomami ?

– Oui.

– Bon Dieu, Amazone, j'aimerais mieux trimbaler ce piano tout seul jusqu'à Caracas plutôt que de côtoyer ces sauvages-là !

Mendes lui tapa sur l'épaule et dit :

– Là où on va, il n'y a pas de ville. La jungle. Rien que la jungle. Et les Yanomami ne sont pas tous des sauvages.

Une fois le piano bien sanglé, les victuailles et les marchandises rangées dans la cale du bateau, les voyageurs s'apprêtèrent à faire leurs adieux à Jesus Diaz ainsi qu'aux autres employés qui, en attendant le retour du colonel, avaient pour mission de gérer l'entrepôt de café.

Mendes allait larguer les amarres lorsqu'une voix se fit entendre de la berge :

– Alvaro !

Tous se retournèrent et découvrirent une femme portant à bout de bras un lourd sac de cuir. C'était Julia, la prostituée, celle dont le corps faisait tourner la tête des hommes.

– Julia ! s'écria Rodrigues. Qu'est-ce qui te prend ?

La jeune femme fit tomber lourdement le

sac sur le sol, éclaboussant les premiers rangs de l'assistance qui la regardait, médusée. Ivre de colère, elle se campa sur ses deux jambes, les poings sur les hanches, et se mit à fulminer en lançant des éclairs de ses yeux noirs.

– Parce que tu crois que je vais t'attendre ici ? Ou que je vais venir avec vous Dieu sait où ? Non, je retourne chez moi, à San Carlos, d'où je n'aurais jamais dû partir !

Rodrigues tenta de la raisonner mais rien n'y fit.

– Arrête de te donner en spectacle ! Tu es complètement folle !

– Il n'y a plus de spectacle. Et c'est toi qui es fou, Alvaro. J'en ai assez de moisir ici, alors je m'en vais, que ça te plaise ou non !

Dans un geste rageur, elle prit le sac maculé de boue et le jeta par-dessus bord. Voyant que personne n'osait esquisser le moindre geste, l'Indien lui tendit la main et la hissa sur le bateau.

– D'accord, dit Amazone. De toute manière, San Carlos se trouve sur notre chemin.

Pour une fois, le colonel n'osa rien rétorquer et Julia eut un regard de triomphe.

Enfin, alors que du rivage s'élevaient des cris et des chants d'adieu, l'Indien largua les amarres et le bateau s'éloigna lentement de la rive.

Jesus Diaz resta longtemps sur le quai à scruter l'horizon. Et, de même qu'il avait été le premier à voir apparaître le piano sur le Rio Negro, il fut le dernier à le regarder s'éloigner, immobile sur la berge, comme une vigie en attente d'une terre à découvrir.

Et lorsqu'il n'y eut plus rien à l'horizon qu'un fleuve rouge comme un torrent de lave, il pensa avec raison que c'était sans doute la dernière fois qu'on verrait un piano naviguer sur le fleuve.

Les premiers jours, vivre à bord du bateau fut un voyage d'agrément. Sans aucune difficulté majeure, l'embarcation remonta lentement le Rio Negro vers le nord. Le temps était clément et, à part des myriades de moustiques et des nuées de frelons dont le venin des piqûres vous élançait pendant plusieurs heures, on n'eut à se plaindre de rien.

Après Içana, tout se mit à changer.

D'abord vinrent les jours de pluie. Une pluie si dense qu'on ne parvenait plus à distinguer les rives du fleuve. Il fallut protéger le piano en attendant que le ciel veuille bien se montrer d'humeur plus clémente. Il plut sans discontinuer pendant cinq jours et cinq nuits.

Cinq jours pendant lesquels ils retirèrent au

moins l'avantage de ne pas être assaillis par des cohortes de moustiques et de guêpes en furie.

A bord, l'ennui s'installait. Pour tromper leur attente, Rodrigues, l'Indien et Cerveza se mirent à jouer aux cartes. Julia, elle, ne perdait pas une occasion d'observer le musicien. Et tandis que le bateau avançait lentement dans la fumée des pluies et que le colonel s'endormait à ses côtés, elle songeait à Amazone.

Amazone, quant à lui, ne se préoccupait de rien si ce n'est du piano blanc. Le regard porté sur le fleuve, tout occupé à la navigation parmi les hauts-fonds dangereux du Rio Negro, il semblait ailleurs. De temps à autre, il accordait un sourire à la jeune femme. Et, le reste du temps, il songeait à la prophétie qui l'avait conduit jusqu'ici et qui ne lui laisserait plus de repos tant qu'elle ne serait pas totalement accomplie.

Un matin, alors qu'il observait la rive avec attention, Cerveza se mit à écouter vraiment la musique d'Amazone, tentant de comprendre quelle était la nature de cette prophétie et ce qui l'avait conduit jusqu'ici avec ce piano. Cette fois, il s'agissait d'un morceau de jazz très lent et très beau, pur et cristallin, comme un mince filet d'eau s'écoulant d'une source et qui, par la suite, donnerait naissance à une rivière, puis à un fleuve.

Cerveza, le canon de son fusil appuyé contre sa joue, observait le musicien et vit qu'il jouait les yeux fermés. Comment pouvait-on jouer une aussi belle musique en fermant les yeux ? C'était quelque chose d'inimaginable pour lui. Peut-être que ce qui était beau n'avait pas besoin de lumière, que son aura et sa clarté se trouvaient dans les notes qui transpiraient de l'instrument et que, pour ce qui tutoyait le divin, l'obscurité suffisait. Amazone joua longuement et pas une fois il n'ouvrit les paupières. Ses mains papillonnaient, plaquant des accords parfaits sur le piano blanc, sans la moindre fausse note ni même l'ombre d'une hésitation, et pourtant il ne voyait pas ce qu'il faisait. Il sentait, c'était tout. Le Suisse n'en revenait pas.

Il venait de comprendre que la musique, lorsqu'elle est jouée parfaitement, n'a pas besoin de lumière. Comme l'Amazonie n'avait aucun besoin des hommes, pas même de leur présence.

La beauté se suffit à elle-même.

Lorsque Amazone Steinway s'arrêta de jouer, il y eut un moment de silence total, comme si la forêt entière avait retenu son souffle. Puis, vint la voix de Cerveza :

– Amazone ?

– Oui ?

– Qui c'est qui t'a appris à jouer du piano comme ça ?

Le musicien regarda son compagnon avec étonnement et répondit :

– Personne. J'ai appris tout seul.

Un long silence pendant lequel on sentit que la forêt reprenait peu à peu ses droits. Puis Cerveza hocha la tête et, admiratif :

– C'est peut-être pour ça que tu joues aussi bien.

Quelques jours plus tard, ils parvinrent à San Carlos.

C'est ici que Julia les quitta, sans un remords, pas même un regret. Elle avait compris que le musicien, même s'il demeurait sensible à son charme, ne s'intéresserait jamais vraiment à elle car il avait une quête à accomplir. Quant à Rodrigues, elle était heureuse de pouvoir s'en défaire et retrouver le lieu d'où elle n'aurait jamais dû partir : le village de son enfance.

– Alors, c'est décidé, tu nous quittes ? demanda le colonel en regardant la métisse prendre ses bagages et descendre sur le quai en dandinant son postérieur comme le balancier d'une horloge.

– C'est décidé, colonel. J'en ai assez d'Esmeralda. Et quand j'en aurai assez de San Carlos, je partirai pour Caracas.

Julia leur fit un signe de la main et, comme si sa décision était prise de longue date, elle s'éloigna sur le quai sans même se retourner.

– Bonne chance ! lui cria le colonel.

Amazone, lui, ne dit rien. Il la regarda disparaître, conscient lui aussi que cette femme ne faisait pas partie de son destin.

Un peu plus tard, le bateau reprit la route et se dirigea vers la sortie de la ville. Lorsqu'il eut atteint les derniers baraquements de San Carlos, le colonel fit remarquer :

– Nous allons en profiter pour faire des provisions. Parce que, après ce dernier comptoir, il n'y a plus rien, à part quelques villages indiens disséminés sur le fleuve.

Ils s'approchèrent lentement de la rive et firent accoster le bateau près d'une boutique surmontée d'une enseigne sur laquelle était écrit en lettres peintes à la main :

MAGASIN GÉNÉRAL DE SAN CARLOS.

Ce modeste baraquement posé sur pilotis abritait en fait le plus formidable inventaire d'objets de toute l'Amazonie. Devant la porte, un petit homme se tenait sur le ponton, penché au-dessus d'un livre de couleur bleue, une paire de bésicles vissée sur le nez. C'était Luis Da Silva, le plus riche commerçant de San Carlos, propriétaire d'un entrepôt où transitaient toutes les marchandises qu'amenaient les bateaux naviguant sur le fleuve – bouteilles de gaz, eau minérale, briquets, bière, cachaça, rhum, outils et café. Le livre, c'était l'*Odyssée* d'Homère, publiée dans une collection de poche et traduite en portugais.

– Il lit pour de vrai ou il s'évente ? demanda Cerveza en observant le petit homme qui, continuellement, éloignait et rapprochait le livre de ses yeux, comme s'il se servait d'une loupe pour déchiffrer des caractères invisibles à l'œil nu.

– Je ne sais pas, fit Amazone. Mais ici tout

est possible. Probable qu'il lit et qu'en même temps il s'évente.

En vérité, Da Silva était tout simplement myope et astigmate, ce qui le contraignait à une recherche constante de la vision claire qui le laissait au bord de l'épuisement et lui causait de grands soucis.

Le bateau vint heurter le ponton en produisant un bruit sourd. L'Indien sauta sur le quai et amarra aussitôt l'embarcation à un anneau de fer à moitié rongé par la rouille.

– Encore en train de lire, Da Silva ? tonna Rodrigues. Tu devrais arrêter, ça peut être dangereux. Lire rend humaniste. Et l'humanisme n'a jamais fait bon ménage avec le commerce.

L'homme eut un petit rire en reconnaissant le colonel avec qui il traitait parfois, lorsque les cours s'effondraient et qu'il était possible d'acheter du café à bon prix. Et Rodrigues savait pertinemment que, tout le long de cette portion du fleuve, il n'y avait pas d'homme plus dur en affaires que Luis Da Silva.

– Alors là, aucun danger. Je suis toujours aussi bon commerçant. Et le livre, cela fait trois ans que je l'ai commencé et je ne suis pas près de l'avoir fini. J'en suis à peine à la moitié.

– Tu as raison de rester prudent.

Un long silence. Puis le petit homme corna le coin d'une page avec son doigt, referma le livre d'un claquement sec et le rangea dans le coffre sur lequel il était assis, au milieu de filets de pêche, d'hameçons émoussés et d'appâts de toutes sortes.

– Assez lu pour aujourd'hui.

Il se leva et tous constatèrent que, même debout, il paraissait encore assis. Mais, à la lueur qui brillait dans ses yeux, il était facile de comprendre qu'il était doté d'une grande sagesse et d'une grande intelligence, ce qui le mettait à l'abri de bien des vicissitudes que sa petite taille n'avait pas manqué de lui causer tout au long de son existence. Et que, bien qu'il fût myope et astigmate, il était loin d'être aveugle.

Da Silva, tout en ôtant ses bésicles et en les essuyant avec un mouchoir, demanda d'un ton posé :

– Maintenant, colonel, sans rire, quel bon vent vous amène à San Carlos avec un piano blanc ?

Da Silva les invita à se restaurer dans sa demeure. Il y avait là tout ce que l'Amazonie contenait de richesses. Des meubles en teck, un canapé en cuir, une impressionnante bibliothèque contenant cinq volumes en tout et pour tout, une table bancale sur laquelle trônait une corbeille de fruits, cinq chaises et, merveille des merveilles : un transistor – d'un modèle toutefois un peu démodé. Un luxe éclatant pour cet endroit de la jungle. Pour les habitants de San Carlos, Da Silva était un homme qui vivait dans l'opulence.

– Ceci est ce qui me relie au monde, expliqua-t-il en désignant le transistor. Même si ce monde est tellement éloigné d'ici que, parfois, il me semble qu'il n'existe que dans mes rêves.

– Parviens-tu à capter les ondes radio ? demanda le colonel.

Da Silva hésita, puis, dans un sourire crispé, secoua la tête de droite à gauche.

– Non, bien sûr. Mais les gens d'ici le croient et c'est le principal. Tous me demandent des nouvelles du monde et je les leur donne bien volontiers. Cela entretient l'amitié et me préserve de la solitude.

– Si tu n'as pas la radio, comment peux-tu savoir ce qu'il s'y passe, dans le monde ?

– Ce n'est pas très difficile, dit-il avec un petit sourire rusé. D'abord je sais lire, et c'est moi que l'on vient voir pour prendre connaissance du courrier qu'apporte chaque mois le bateau. Cela me permet d'apprendre pas mal de choses. Et puis sur le fleuve, il passe beaucoup de monde. Comme je suis le premier en aval, je suis forcément le premier à être au courant de tout. Et puis quand je ne sais pas, je fais comme le gouvernement.

– C'est-à-dire ?

Da Silva éclata d'un rire d'une grande pureté, comme s'il s'amusait lui-même en premier lieu de sa malice :

– J'invente les bonnes nouvelles et je tais les mauvaises.

Alors que la nuit tombait, ils mangèrent un ragoût de singe en dégustant une bouteille de cachaça que Da Silva avait sortie pour l'occasion. Une cachaça d'une cuvée particulière puisqu'elle contenait des tranches d'ananas macérées dans l'alcool.

Le commerçant, très heureux de pouvoir converser avec d'autres personnes que les habitants de San Carlos, ne se priva pas d'entretenir la conversation pendant tout le repas. Il demanda des nouvelles de l'est – nouvelles que les quatre hommes eurent bien du mal à lui fournir.

– Vous savez, ici rien n'arrive, à part les problèmes.

Le colonel fit signe qu'il comprenait et répondit avec humour :

– Nous, nous n'attendons pas qu'ils arrivent. Nous préférons aller au-devant des problèmes. Et c'est ce que nous faisons aujourd'hui en convoyant ce piano à travers la jungle.

Da Silva eut soudain l'air très intéressé.

– Ainsi vous transportez ce piano jusqu'au Cassiquiare ?

– Oui, dit Amazone. Une belle aventure, n'est-ce pas ?

Le commerçant servit une rasade d'alcool à chacun et trinqua à la réussite de l'expédition.

– Et qu'est-ce que vous allez en faire, au juste, de ce piano ?

Silence général.

– Ça, on ne sait toujours pas, confia Cerveza en haussant les épaules.

Da Silva sursauta.

– C'est vrai ?

– Oui, dit le colonel, on ne sait pas vraiment où on va, ni même pourquoi.

Da Silva, peu convaincu par cette explication, se tourna vers l'Indien qui, comme à son habitude, fut peu loquace.

– Je sais certaines choses. Mais ce n'est pas à moi de les révéler.

Tous les visages se tournèrent vers Amazone Steinway.

Le commerçant prit dans son verre une tranche d'ananas qu'il mâcha longuement puis, après s'être curé les dents avec la pointe de son couteau, se tourna vers le musicien.

– Peut-être que toi, tu peux nous apprendre la vérité.

Amazone ne répondit pas. Mais les regards des quatre hommes autour de lui se firent soudain plus pesants. Désormais tous voulaient savoir. Savoir enfin les raisons précises d'un tel voyage.

– Tu te souviens de ce que tu m'as dit un jour, intervint le colonel. Que tu me raconterais tout ça un soir, devant une bonne bouteille de cachaça. Nous avons toute la nuit devant nous. Et la bouteille, la voilà. Alors, maintenant, Amazone, il serait peut-être temps de tenir ta promesse.

Amazone Steinway retira son cigare de sa bouche, le posa sur le bord du cendrier, bien en équilibre et, comme s'il lui restait l'éternité devant lui, il le regarda se consumer dans un silence religieux et circonspect.

Lorsque la dernière braise s'éteignit, qu'enfin tout se changea en cendres froides et blanches, il sut que le moment était venu pour lui de se livrer. Alors il tourna la tête vers ses compagnons et se mit à raconter l'histoire du piano blanc.

Une histoire qui remontait au temps où, pour gagner un peu d'argent, Amazone jouait dans un bar de Belém appelé le Santarem. Près de cinq années auparavant. Alors qu'il était encore bien loin de se douter qu'un jour il entreprendrait un tel voyage.

A cette époque, le piano sur lequel il jouait chaque soir n'était pas blanc, ni même en bon état, mais il appartenait au propriétaire du Santarem, qui n'était autre que l'oncle de la femme qu'il aimait. Et, pour cette raison, il valait tous les Steinway du monde.

Cette femme s'appelait Carmen Avila. Elle possédait une moitié de sang indien qu'elle tenait de sa mère, ce qui lui conférait une beauté sauvage à laquelle peu d'hommes demeuraient insensibles. Dès le premier regard échangé, il se sentit irrémédiablement attiré par la lumière de son sourire, l'éclat de son regard et la profondeur de son décolleté. La jeune femme servait les clients dans la salle et, parfois, remplaçait son oncle derrière le comptoir. Elle ne prenait son service qu'en début de soirée et travaillait souvent jusqu'à l'aube, aux heures les plus fréquentées. Lorsqu'elle passait près du piano d'Amazone, elle n'oubliait jamais de le gratifier d'un sourire amical. Au fil des jours, le sourire se fit caresse, puis désir, puis amour passionnel. Et les regards qu'ils échangeaient à la dérobée composèrent un ballet magnifiquement orchestré.

C'est ainsi qu'un soir, après le service, Amazone invita Carmen à boire un verre et lui déclara sa flamme. Il lui dit qu'il l'aimait depuis le premier jour, qu'il pensait à elle dans son sommeil, qu'il n'en pouvait plus d'attendre et que, si elle le désirait, il pourrait la rendre heureuse. La jeune femme, émue par la franchise et l'audace d'Amazone, l'embrassa avec fougue.

L'oncle tenta de s'opposer. Prenant à partie sa nièce, il la réprimanda :

– Qu'est-ce qui te prend, Carmen, de t'afficher avec un pianiste de bar ?

– Rien. Simplement l'envie.

La jeune fille porta son regard sur le pianiste. L'oncle grimaça et s'exclama :

– Cet homme n'aura jamais assez d'argent pour subvenir à ses propres besoins. Et puis, il est noir.

– Et alors ? fit-elle. L'argent ne fait pas tout. Et tu sembles oublier que j'ai du sang indien dans les veines. Si tu as quelque chose contre la couleur de sa peau, va le lui dire.

Le patron du Santarem, tout en déglutissant, observa avec respect l'étonnante musculature du musicien noir, et choisit de s'incliner.

– Bon, très bien. J'espère que tu sais ce que tu fais...

Le lendemain soir, Carmen emmena le musicien dans sa chambre, au premier étage, referma la porte et commença à se dévêtir. Comme il baissait les yeux, elle lui saisit le menton et le força à la regarder. Pour la première fois, il la vit nue et la trouva encore plus désirable.

Ils se jetèrent dans les bras l'un de l'autre et firent l'amour si sauvagement que la chair d'Amazone en resta marquée pendant plusieurs jours.

Entre eux naquit une idylle qui devait marquer les esprits. Seul l'oncle tenta encore d'empêcher sa nièce de commettre une bêtise en s'unissant à un modeste pianiste de bar quand ses charmes lui faisaient espérer les plus beaux partis de la bourgeoisie de Belém. Mais c'était méconnaître son entêtement et l'assurance qu'elle avait de ne pas se tromper. Car Carmen, comme toutes les femmes de la famille Avila, possédait un don : elle savait prédire l'avenir.

Un jour, n'y tenant plus, elle prit son oncle à part et lui déclara :

– Je sais que je dois épouser cet homme. C'est les cartes qui me l'ont appris. Et je le ferai.

L'oncle, qui craignait les puissances divines, se signa pour conjurer le sort et se résigna au choix de sa nièce.

Trois mois plus tard, puisqu'il était écrit dans les cartes qu'un tel mariage devait se réaliser, Amazone épousa Carmen Avila dans une petite église d'un quartier défavorisé de Belém.

L'oncle fit contre mauvaise fortune bon cœur et se montra le jour des noces l'homme le plus généreux du monde. Il leur offrit à tous deux les cadeaux les plus prestigieux. Pour Carmen, une dot qui la mettait à l'abri des aléas de la vie. Et pour Amazone, un magnifique piano. Un piano blanc de marque Steinway.

A la fin de la cérémonie, Amazone s'approcha de son bienfaiteur, le remercia vivement et lui posa cette question :

– Il est superbe ce piano. Mais pourquoi l'avoir choisi blanc ?

– Parce que chez nous, un mariage digne de ce nom, ça se fait en blanc. Même pour la musique.

Puis il ajouta avec un sourire :

– Et parce que, au magasin, ils me faisaient une remise si je le prenais dans cette couleur.

La première année fut heureuse. Ils s'installèrent dans une petite maison près du port et continuèrent à travailler tous deux au Santarem comme ils l'avaient toujours fait, envisageant l'avenir avec une insouciance qui est l'apanage de la jeunesse.

Rien ne vint altérer leur bonheur, pas même les regards envieux des clients lorsqu'ils croisaient pour la première fois le sourire angélique de Carmen, ni le majestueux piano blanc que Amazone ne quittait plus et qui, jour après jour, prenait plus d'importance dans sa vie.

Et puis, tout bascula un soir, alors que Carmen usait de son talent divinatoire. Elle vit alors ce qu'elle n'aurait jamais dû voir.

Assise sur la véranda de la maison, elle tirait les cartes pour interroger l'avenir, comme elle avait l'habitude de le faire toutes les semaines depuis de nombreuses années, quand la dame de pique fit son apparition. A deux reprises. Des événements graves allaient se produire. Continuant à lire dans les cartes, elle découvrit avec stupeur trois choses : la première, c'est qu'elle allait mourir prochainement. La seconde, qu'Amazone allait terriblement en souffrir. Et la troisième, qu'il ne serait jamais libéré de son souvenir tant qu'il n'aurait pas accompli un long voyage purificateur.

De ses beaux yeux sombres, elle regarda Amazone et lui fit jurer ceci :

– Fais-moi la promesse que, si jamais je meurs, tu ne te laisseras pas envahir par la tristesse, que tu continueras à jouer chaque jour du piano blanc en souvenir de moi. Et que, si l'occasion se présente, tu partiras d'ici.

Amazone promit, mais resta sceptique.

– Pourquoi voudrais-tu mourir ? Et pour quelle raison quitterais-je Belém ?

– Parce que tout est écrit là.

Elle lui expliqua le sens caché des cartes. D'abord la mort à laquelle elle ne pourrait échapper. Puis la tristesse qui l'étreindrait, lui, jusqu'à l'étouffer. Et enfin le voyage.

– Le voyage ? Quel voyage ?

Carmen tenta de lui expliquer ce qu'elle voyait dans les cartes étalées devant elle.

– Le voyage que tu vas faire comprendra sept étapes. Sept étapes par lesquelles tu devras passer pour te défaire de la prophétie et retrouver ta liberté. D'abord il te faudra aller nulle part. Puis connaître le hasard, les regrets, la chance, l'errance, la folie pour enfin accéder au rêve.

Il la regarda sans comprendre. Les cheveux noirs volaient dans le vent et tout son visage exprimait une immense détresse.

– Pourquoi ce voyage ? demanda-t-il.

Carmen ne répondit rien. Mais elle savait que les cartes ne mentaient jamais et que, tôt ou tard, la prédiction se réaliserait. Et qu'alors il n'aurait pas d'autre salut sur terre.

Elle ramassa les cartes une à une et les rangea soigneusement dans leur étui. Puis, elle se leva et, avant de quitter la véranda, eut cette dernière phrase :

– Promets-moi simplement que lorsque je ne serai plus de ce monde et que le messager viendra, tu lui obéiras en tout point.

– Arrête de parler comme si tu étais déjà morte. Je ne crois pas aux cartes et je ne sais pas de quel messager tu parles, s'écria Amazone, agacé.

– Je ne te demande pas de croire, mais de voir. Et le messager, tu le reconnaîtras aisément car il portera une émeraude. Une émeraude d'un vert éclatant.

L'année suivante, la première partie de la prophétie se réalisa lorsque Carmen Avila, alors enceinte de huit mois et demi, mourut en couches dans un sordide hôpital de Belém.

Cette nuit-là, la plus tragique de son existence, Amazone resta au chevet de la jeune femme. Serrant sa main dans la sienne, il tenta jusqu'à l'aube de calmer ses douleurs en lui prodiguant caresses et mots de tendresse, essayant de retenir cette vie qui s'échappait peu à peu de son corps à bout de forces et de souffrance. Mais rien n'y fit. Au fil des heures, le front de Carmen devint aussi brûlant qu'un bloc de lave et son teint aussi pâle que celui d'une morte. Elle savait qu'elle était perdue.

Amazone ne relâcha jamais son étreinte, même lorsque, dans un dernier sursaut, la main de Carmen lui broya les phalanges. Dans un dernier regard, elle le supplia. Il se mit à sangloter et, le visage enfoui dans ses cheveux, lui dit qu'il l'avait aimée comme un fou, qu'il l'aimait et l'aimerait toujours, même au-delà de la mort.

Sur sa tombe, Amazone jeta une pluie de pétales de roses qui, au premier coup de vent, s'envolèrent dans le ciel comme des cartes à jouer. Le musicien prit alors dans sa poche le jeu de tarot ayant appartenu à Carmen et le posa sur la stèle. Lorsqu'il revint, le lendemain, il ne restait plus que deux cartes : un roi et une dame. Amazone, pour la première fois, comprit que la grâce, l'élégance, la beauté, et même la faculté de lire l'avenir, ne peuvent soustraire quiconque à son destin.

Commencèrent alors les jours silencieux où le souvenir se boit à petites gorgées, comme un alcool amer qui vous retourne le cœur et l'estomac. Les heures grises passées à se morfondre, seul face au néant.

Un chagrin entrecoupé par de trop rares moments d'espoir, lorsqu'il songeait à la force de cet amour que même la mort ne parvenait à altérer. Et au voyage qui l'attendait.

Car la première partie de la prédiction s'étant réalisée, Amazone avait compris que plus rien ne le préserverait des heurs et malheurs de la prophétie. Et qu'un jour ou l'autre il allait quitter Belém pour d'autres horizons.

Ce que la prédiction ne lui avait pas révélé, c'était où le mènerait ce voyage.

Et combien de temps il lui faudrait attendre avant que n'apparaisse le messager.

Deux autres années passèrent sans que la troisième prédiction se réalise. Aucun messager porteur d'émeraude ne vint jamais troubler sa quiétude. Quant au chagrin causé par la perte de sa femme, il finit par s'estomper sans jamais vraiment disparaître, comme une blessure qui cicatrise avec la patine du temps mais reste à jamais gravée dans la chair meurtrie.

Alors qu'il commençait à douter de la véracité de la prophétie, Amazone fut rattrapé par son destin.

C'était un soir d'été. Il jouait du piano blanc sur la véranda, en buvant à petites gorgées un verre de rhum ambré et en fumant un cigare. C'est alors qu'on frappa à sa porte.

Intrigué, il se leva et alla ouvrir. Debout sur le seuil de la maison, il y avait un homme.

Un Indien.

L'homme était grand et son visage très pur. Ses yeux étaient sombres et sa peau cuivrée. Il ôta son chapeau et demanda :

– Amazone Steinway ?

Le musicien, étonné que cet étranger connaisse son nom, eut un mouvement de recul. Puis, passé l'effet de surprise, il répondit :

– Oui, c'est moi. A qui ai-je l'honneur ?

L'Indien ne répondit pas tout de suite. Les mains crispées sur les bords de son chapeau qu'il triturait, il semblait visiblement mal à l'aise.

– Mon nom est Mendes mais cela ne vous évoquera rien. Il faut cependant que je vous parle. Tout de suite.

– Cela ne peut pas attendre demain ? Il est tard et je tombe de sommeil. Revenez me voir un autre jour.

Amazone fit mine de refermer la porte mais l'Indien fut le plus rapide. D'une main puissante, il l'en empêcha.

– Je vous en prie. Laissez-moi entrer et écoutez ce que j'ai à vous dire. Je suis venu de très loin pour vous voir. Je viens de la part de Carmen.

Le musicien contempla longuement son interlocuteur, éberlué. L'Indien tendit la main dans laquelle brillait une émeraude, une émeraude d'un vert éclatant.

Il comprit alors qu'il se trouvait devant le messager.

Amazone conduisit son invité sur la véranda, le fit asseoir dans un large fauteuil et lui offrit un verre de rhum. Puis, après lui avoir proposé un cigare que l'Indien refusa, il s'assit à son tour face à lui et dit :

– Il y a si longtemps que je vous attendais que je ne vous espérais plus.

Mendes prit un air contrit et s'excusa de ce retard.

– Pardonnez-moi. J'aurais pu venir plus tôt. Mais je n'étais pas sûr que vous soyez prêt à entendre ce que j'ai à vous dire.

– Tandis que maintenant, vous pensez que je le suis ?

– Oui.

– Très bien. Je vous écoute. Mais d'abord, dites-moi d'où vous venez.

Mendes hésita, puis finit par avouer :

– Je viens d'un village d'Indiens yanomami

situé sur le Cassiquiare. Un village nommé Esmeralda.

– Cela ne me dit rien.

– Et pourtant, c'est là qu'est née Carmen. Celle qui fut votre femme.

Amazone fronça les sourcils. L'Indien annonça alors d'une voix froide :

– Et qui était ma sœur.

Cette fois, le musicien ne put réprimer un sursaut. Mendes se fit plus explicite.

– Elle ne vous a rien dit de ses origines indiennes ?

– Si, mais je ne savais pas que...

– Nous avions la même mère. Mais son père était de race blanche. Un explorateur qui a vécu un temps parmi nous avant de mourir de la grippe espagnole. Ceci explique cela. Et le fait qu'elle ait voulu vivre ici, à Belém, en ville, où son père avait vécu.

– Je comprends. Mais pourquoi être venu me voir ? Désormais, elle est morte et je ne peux plus rien faire pour vous.

Mendes s'éclaircit la voix et se redressa sur sa chaise.

– Justement si. Vous le pouvez encore.

– Comment ça ?

L'Indien, cette fois, se fit plus insistant :

– J'ai fait un rêve. Un rêve dans lequel Carmen s'est adressée à moi et m'a confié un message.

– Vous avez fait tout ce chemin à cause d'un rêve ?

En disant cela, Amazone ne put réprimer un large sourire.

– Oui. Dans ma tribu, les rêves sont plus importants que la réalité.

Le musicien, craignant le pire, questionna :

– Et quel était ce message ?

Mendes prit l'émeraude dans sa main et la fit miroiter.

– Dans le rêve, Carmen est apparue au bord du fleuve, près du village d'Esmeralda. En haut de la grande cataracte du Cassiquiare. Elle m'a demandé de venir vous chercher, vous et le piano blanc, parce qu'elle ne trouvait pas le repos et qu'elle voulait vous entendre jouer une dernière fois. Je sais que tout cela peut vous paraître un peu incongru. Mais il faut que vous veniez avec moi jusqu'à Esmeralda. Vous et le piano blanc. En échange je vous donnerai ceci.

Il lui tendit la pierre précieuse. Amazone la contempla et se mit à rire.

– Une émeraude, si magnifique soit-elle, ne justifie pas une telle folie. Et je ne crois pas que ce soit une raison suffisante pour vous suivre.

– Si vous ne le faites pas pour moi, faites-le pour elle.

– Pourquoi cela ?

– Parce que vous l'aimiez de tout votre cœur. Et parce que vous lui avez promis, un jour, d'obéir au messager qui viendrait frapper à votre porte.

– Comment le savez-vous ?

– Cela aussi, elle me l'a dit.

Le musicien comprit que le messager disait la vérité. Et que la prophétie venait de se refermer sur lui, comme un piège inextricable.

Il réfléchit longuement à ce qu'il allait répondre. Puis, après avoir vidé d'un trait son verre de rhum, il le reposa sur la table d'un geste énergique et demanda :

– C'est peut-être une folie, mais je vous crois. Quand partons-nous ?

Le visage d'Amazone Steinway était pâle. Il redressa la tête et conclut l'histoire du piano blanc par ces mots :

– La suite, vous la connaissez. J'ai fini par embarquer un jour à bord du Belém et le bateau a fait naufrage. A Esmeralda, le colonel et Cerveza m'ont recueilli. Mendes, ne me voyant pas arriver à San Carlos où nous étions convenus de nous rejoindre, a fini par m'y retrouver. Tout ça parce qu'un jour, j'ai promis à ma femme que j'obéirais à la prophétie. Et parce qu'une autre femme – un esprit – m'a demandé de jouer un air de piano pour le repos de son âme. Voilà pourquoi je dois aller de Carmen à Carmen et d'Esmeralda à Esmeralda.

Autour de lui s'installa un lourd silence. Pas un homme n'osait proférer la moindre parole, ni même esquisser le moindre mouvement. Le colonel, les lèvres figées en un rictus partagé entre l'étonnement et l'incrédulité, ne savait que dire. Cerveza et Da Silva étaient au bord des larmes. Quant à l'Indien, il était si ému qu'il n'arrivait pas à soutenir le regard de ses compagnons de table.

– C'est la plus belle histoire que j'aie jamais entendue ! s'exclama Da Silva.

Et Cerveza de conclure :

– Je ne savais pas qu'un piano blanc pouvait devenir une preuve d'amour.

Le lendemain, ils quittèrent San Carlos, résolus cette fois à aller jusqu'au bout du voyage, parce qu'ils en connaissaient la raison.

Et qu'ils la trouvaient belle.

Les quatre hommes retournèrent sur le bateau où le piano blanc les attendait.

– Merci pour votre hospitalité, dit Amazone en serrant la main de leur hôte.

Le petit homme jovial secouait la tête de droite à gauche avec une énergie peu commune.

– Ne me remerciez pas. Votre présence m'a enchanté. Et je ne suis pas près d'oublier votre récit. Je vous souhaite bonne chance pour la suite de votre voyage.

Da Silva salua le colonel, Cerveza et Mendes, puis, debout sur le quai, il les regarda partir en faisant de grands signes de la main.

Lorsqu'ils eurent disparu à l'horizon, il ouvrit le coffre à hameçons, prit le livre d'Homère et en caressa la couverture avec un air satisfait. Enfin, il chaussa ses lunettes et, confortablement assis sur le coffre, reprit le fil de sa lecture sans s'interrompre jusqu'à la dernière ligne.

Sept jours plus tard, après un voyage sans encombre, ils entrèrent dans les eaux du Cassiquiare.

Le moteur révéla toute sa puissance quand il fallut remonter les premiers rapides. Ensuite le fleuve se resserra, le débit devint plus violent et, de noires, les eaux se changèrent en un flux couleur d'argile, comme s'il s'était agi là d'une rivière d'or pur.

Peu après avoir quitté le Rio Negro, l'Indien annonça fièrement qu'on venait de pénétrer dans le territoire des Yanomami. Et que le village d'Esmeralda n'était plus qu'à trois jours de navigation. En plein cœur de la jungle.

La jungle amazonienne. Elle était partout autour d'eux, comme un long anaconda aux écailles vertes les prenant à la gorge et les étouffant lentement, une jungle dont ils redoutaient de ne jamais pouvoir sortir indemnes.

Les jours précédents, ils n'en avaient pas ressenti l'enfermement et la touffeur. Les eaux du Rio Negro étaient larges et la lumière du ciel parvenait abondamment jusqu'à eux. Mais sur le Cassiquiare, en remontant lentement vers le nord, les berges se resserrèrent en même temps que la canopée au-dessus de leurs têtes.

Bientôt il n'y eut plus qu'un seul horizon : la forêt. Et encore la forêt.

Le seul lien qui les rattachait au monde des hommes et à l'agitation des villes était le son du piano blanc. Sans musique, nul doute que rien n'aurait distingué l'embarcation du décor qui l'entourait. Grâce au piano, il était encore possible de croire qu'il existait, quelque part en ce monde, d'autres êtres humains semblables à eux. Et qu'ils avaient encore l'espoir de revenir un jour vers la civilisation.

Même s'il leur fallait, auparavant, aborder la sixième et avant-dernière étape de leur périple : celle qui les conduirait jusqu'aux rivages inquiétants de la folie.

VI

La folie

Mendes avançait dans la jungle à coups de machette. Son bras puissant ouvrait la voie vers Esmeralda. Derrière lui venaient Amazone Steinway, Cerveza, Rodrigues, puis une dizaine d'Indiens, craintifs comme des singes. Des Yanomami que Mendes avait recrutés quelques jours plus tôt lorsque, le fleuve devenant non navigable, il avait fallu choisir de continuer le voyage en cheminant par la forêt.

Les Indiens tiraient en silence à l'aide de cordes un char de fortune sur lequel était attaché le piano blanc. Tous étaient à bout de forces, accablés de chaleur et de fatigue depuis qu'on avait quitté le bateau pour suivre ce sentier imprécis dans une jungle chaque jour plus dense. Cela faisait plus d'une semaine qu'ils cheminaient ainsi, suant sang et eau dans ce combat inégal avec la nature. Lorsque les roues du char ne s'embourbaient pas dans le sol détrempé, c'était une pente qu'il fallait négocier avec la plus grande prudence. Quand ce n'était pas un marécage qu'il fallait traverser en tenant l'instrument à bout de bras.

Pour ne rien arranger, depuis deux jours, ce curieux cortège n'avançait plus qu'avec une extrême lenteur. Ce n'était pas la faute aux Indiens, ni même au terrain accidenté, mais plutôt celle d'Amazone Steinway et de Cerveza. Les premiers temps, ils avaient suppléé Mendes dans le travail de défrichage de la végétation et, chacun armé d'une machette, permis de progresser rapidement dans la forêt. Or, le pianiste et le barman, peu habitués à ces travaux de force, avaient désormais la paume des mains recouverte d'ampoules qui les faisaient atrocement souffrir. Mendes avait tenté de soigner leurs plaies avec des plantes, mais elles ne cicatriseraient pas de sitôt et du temps s'avérerait nécessaire avant de pouvoir à nouveau saisir une machette et se rendre utile.

Regardant ses mains tuméfiées, Amazone

enviait celles de l'Indien qui étaient rugueuses et rêches comme de la pierre.

- Tu as de la chance d'être né ici. Ton corps s'est modelé à la nature et, maintenant, te voilà prêt à l'affronter.

Mendes le regarda et répondit :

– J'ai peut-être de la chance de savoir comment m'y prendre avec la nature. Mais moi, je ne sais pas jouer du piano.

Amazone sourit.

– C'est vrai. Je n'y avais pas pensé.

L'Indien s'approcha du musicien et, dans un geste fraternel, posa sa main sur son épaule.

– Ne t'en fais pas, conclut-il. A chacun son affaire. A toi le piano. A moi la forêt.

Puis, sans tarder, il rejoignit la tête de la colonne et continua son labeur sans sourciller.

Le seul à paraître insensible à la lenteur de la marche était le colonel Rodrigues. Indifférent aux problèmes causés par la défection d'Amazone et de Cerveza, il refusait d'aider l'Indien. Quant à porter lc piano, il était inutile d'y songer. D'abord, cela lui aurait paru dégradant, et de surcroît, plusieurs nuits à dormir à la belle étoile lui avaient causé des crises de rhumatismes. Il souffrait terriblement et maudissait à la fois l'humidité et le peu de résistance qu'offrait son corps. La seule raison qui le poussait à continuer cet étrange périple était qu'il lui rappelait les folies de sa jeunesse et lui donnait du baume au cœur. Ainsi, malgré un épuisement physique qui allait de manière chronique, il s'amusait follement, comme au temps du caoutchouc, du commerce du bois, ou de celui des papillons.

Amazone, lui, au fur et à mesure que le village d'Esmeralda se rapprochait, devenait de plus en plus fébrile. Comme si le fait de découvrir enfin le but du voyage attisait les braises de l'amour qu'il portait à Carmen Avila et qui ne deviendraient jamais tout à fait cendres.

Quant à Cerveza, il se contentait de geindre :

– On y arrivera jamais. Vous comprenez ? Jamais. Jamais. Jamais.

Cette phrase, prononcée à chaque difficulté rencontrée sur le parcours – et Dieu sait s'il y en avait –, était devenue une litanie, un leitmotiv dont les autres membres s'accommodaient de plus en plus mal. Les Indiens avaient plutôt besoin d'encouragements et le défaitisme du Suisse commençait à agir sur leur moral. Voilà sans doute pourquoi Amazone Steinway, lassé de cette rengaine, se mit soudain en colère et rétorqua :

– Arrête de répéter ça. Bien sûr que si, on va y arriver. Ce n'est pas le moment de baisser les bras. Ce piano a traversé tout le Brésil d'est en ouest. Il a réchappé d'un naufrage, d'une partie de dés, des pluies, de la jungle. Et maintenant, il ne lui reste que quelques kilomètres à parcourir pour enfin parvenir à destination. Alors, dis-moi, qu'est-ce qui pourrait nous empêcher de réussir ?

Les yeux du pianiste étaient injectés de sang. C'était la première fois qu'il perdait son sang-froid et tous furent surpris par ce soudain accès de violence.

Cerveza n'eut pas le temps de répondre car, d'un signe de la main, Mendes leur imposa le silence.

– Venez voir ! Je crois que j'ai trouvé la cataracte.

Derrière une rangée d'arbres, apparut une immense cascade qui semblait tomber du ciel.

La colonne s'arrêta au bord de la retenue d'eau formée par les chutes. Amazone Steinway remonta la colonne, déboucha en premier sur la berge et constata que l'Indien disait vrai. C'était bien la cataracte tant espérée. Celle qui annonçait la proximité du village d'Esmeralda.

– Tu as fini par la trouver.

Il se tourna vers Mendes et lui lança un regard reconnaissant.

– Je ne sais pas comment tu parviens à te diriger dans cette jungle.

L'Indien sourit.

– Facile. Il suffit de se fier à son instinct.

Amazone ignorait le secret de cet homme capable de s'orienter ainsi dans ce monde hostile et dénué de repère, mais il comprit que, sans lui, continuer à traîner ce piano à travers la forêt se révélerait impossible.

– Très bien, dit-il. Puisque la cataracte est devant nous, nous voici arrivés au bout du voyage.

L'Indien tiqua.

– Pas tout à fait, Amazone. Il reste encore une dernière étape.

– Laquelle ?

Mendes leva les yeux et annonça :

– Il faut encore faire monter le piano blanc tout là-haut. Le village se trouve en amont des chutes.

Il pointa le doigt vers le ciel et indiqua un rocher en surplomb sur la falaise.

– Il n'y a pas d'autre chemin ?

– De ce côté, non.

Amazone resta muet de stupeur. Derrière lui, Cerveza ne put réprimer un rire convulsif. Quant au colonel Rodrigues, il resta impassible.

Le musicien, soudain, se mit en colère.

– Comment veux-tu faire monter le piano là-haut ? C'est absolument impossible !

Mendes répondit :

– Nous sommes arrivés sans encombre jusqu'ici. Il serait dommage d'échouer si près du but.

C'est là que le colonel choisit d'intervenir :

– Mendes a raison. Il faut aller jusqu'au bout. Même si on doit porter le piano à bout de bras pour franchir la cataracte.

– Comment ça ? rétorqua Amazone.

Le colonel le toisa.

– Laisse-moi faire.

Puis se retournant vers les Yanomami, il se mit à les invectiver :

– Au travail, maintenant ! Vous avez jusqu'à la tombée de la nuit pour confectionner d'autres cordes en lianes tressées assez solides pour supporter le poids du piano. Quant à moi, je m'occupe du reste.

Les Indiens, sans un mot, passèrent devant lui en baissant les yeux, prirent chacun une machette et se déployèrent dans la forêt. Certains étaient torse nu, d'autres portaient une cotonnade pour tout vêtement, mais tous étaient pieds nus.

De quel reste parlait Rodrigues ? C'est ce que Mendes, Amazone et Cerveza se demandaient. De toute évidence, le colonel avait déjà trouvé un moyen de transporter le piano jusqu'au surplomb rocheux. Cela se voyait à la lueur de son regard, comme s'il venait de ranimer dans son âme la flamme de la folie. Cerveza connaissait cette lueur, et cela ne laissait pas de l'inquiéter. C'était la même lueur qui, autrefois, avait brillé lors des aventures successives du caoutchouc, du bois et des papillons Celle qui, dès l'instant où elle apparaissait, lui faisait tout oublier – danger, peur, risque, échec – et qui l'avait mené si souvent à sa perte.

– Colonel, si vous comptez hisser ce piano le long de la paroi à l'aide de quelques cordes, vous présumez des forces des Indiens, dit Cerveza.

Il s'approcha du bas des chutes et observa la falaise en haussant la tête.

– Regardez comme c'est abrupt. C'est de la folie pure ! Et le piano pèse un tel poids. Franchement, je ne vois pas comment vous allez pouvoir vous en sortir.

Rodrigues lui jeta un regard glacial.

– Cerveza. Si je t'avais écouté, je n'aurais jamais récolté un seul grain de café en Amazonie de toute ma vie. Alors, je t'en prie, laisse-moi diriger les opérations et contente-toi d'obéir à mes ordres.

Cerveza, baissant les bras, s'assit au pied d'un arbre pour prendre un peu de repos. Déjà épuisé par la marche forcée, il ne se sentait pas de taille à affronter le colonel.

Le musicien, resté en retrait, lança un regard vers Rodrigues qui se tenait debout au bord du fleuve, contemplant les eaux tranquilles et sombres charriant ses rêves jusqu'aux limites du monde connu.

– Venez vous asseoir, colonel. Et expliquez-nous ce que vous avez à nous proposer.

Rodrigues, le visage plongé dans l'ombre, répondit sans se retourner, d'un ton sans appel :

– Non. Plus tard. Il faut d'abord que je réfléchisse, que je pèse les tenants et les aboutissants de cette entreprise. Et que j'inspecte la falaise afin de trouver le meilleur passage pour le piano.

Amazone n'insista pas.

– Comme vous voudrez.

Tandis que Mendes prêtait main-forte au colonel, inspectant chaque centimètre de la paroi, le musicien rejoignit Cerveza et se cala confortablement contre l'arbre, sortit un cigare de son étui et se mit à fumer tranquillement. Il savait que Rodrigues, malgré la fatigue, ne se reposerait pas de toute la journée. Et que, du moment qu'il restait un obstacle à franchir, il n'aurait pas une minute de répit.

Amazone, quant à lui, se sentait terriblement las et se demandait si tout cela avait un sens.

Un rêve et un piano méritaient-ils autant d'efforts de leur part ? Ils étaient tous épuisés, à bout de forces, et la jungle était devenue un piège inextricable qui se refermait chaque jour un peu plus sur eux. Accablé de fatigue, il ferma les yeux et songea à toutes les raisons qui les avaient conduits jusqu'ici.

Il pensa aux grands aventuriers de l'Amazonie. Tous ceux qui, morts ou vivants, corps ou ombres, avaient marqué de leur empreinte ce sol, et dont chaque vie avait contribué à rendre cette terre un peu plus lumineuse. Il songea également à Carmen et au souvenir de la prophétie. A la folie qui l'avait conduit à venir ici, simplement dans l'espoir de lui offrir un peu de bonheur.

– Mon Dieu ! Si je pouvais la revoir ne fût-ce qu'une minute, je serais le plus heureux des hommes.

Amazone s'était exprimé à haute et intelligible voix. Cerveza, intrigué par ce gémissement, lui demanda :

– Qu'est-ce qu'il t'arrive, Amazone ?

Le musicien sortit lentement de ses pensées,

une trame d'idées loufoques aussi enchevêtrées que les fils d'or d'un habit inca.

– Rien, dit-il. Je pensais au rêve de Mendes.

– Et alors ?

Un long silence.

– J'aurais voulu faire le même.

Quelques heures plus tard, les Indiens revinrent de la forêt avec les cordes.

– Ce n'est pas trop tôt, fit remarquer le colonel. Nous allons pouvoir commencer.

Mendes fit la sourde oreille.

– Ne croyez-vous pas qu'il serait plus prudent d'attendre demain matin pour entreprendre tout cela ? Il me semble que nous avons tous suffisamment peiné à la tâche et que nous méritons une bonne nuit de sommeil.

Rodrigues maugréa :

– C'est à cause de toi, l'Indien, et de ton maudit rêve que nous sommes là. Alors tu ferais mieux de te taire et de m'aider. Je ne tiens pas à m'éterniser un jour de plus ici.

Mendes obtempéra et tous se mirent à l'ouvrage.

D'abord le colonel leur fit tresser un seul et unique câble terminé par un bouquet de quatre lianes en forme d'élingues. Il s'écria alors :

– Il ne s'agit pas de fainéanter et de bayer aux corneilles. Il faut que le piano soit là-haut avant la tombée de la nuit.

Cerveza, ahuri, s'approcha de lui et lui demanda :

– Comment comptez-vous procéder ?

Le colonel, les yeux rongés par le sel de la folie, répondit :

– Ne t'inquiète pas et aide-moi plutôt.

Il se retourna vers les Indiens, fit claquer son fouet dans les airs et ordonna :

– Vous autres, enlevez les roues du chariot et fixez chacune des lianes aux essieux.

Mendes leur expliqua la marche à suivre et les Indiens s'exécutèrent aussitôt. Le colonel leur fit en outre fixer des bois courbés sur le côté du chariot afin qu'il puisse glisser plus aisément le long du rocher.

– Voilà, dit Mendes, une fois le travail terminé. Maintenant, que faut-il faire ?

Le colonel se mit à fulminer :

– Bon Dieu ! C'est pourtant évident à deviner. Maintenant, il n'y a plus qu'à hisser l'autre extrémité de la corde en haut de la falaise. Choisis huit hommes agiles, donne-leur la corde et rejoins-moi là-haut.

Le colonel indiqua le surplomb rocheux au-dessus de leurs têtes. Sans plus tarder, il entreprit la périlleuse ascension en contournant l'à-pic par le côté gauche, le seul à présenter une sente franchissable. S'agrippant de ses bras aux arbustes, il se mit à grimper en ahanant. Il lui fallut plus d'un quart d'heure pour gravir le rocher et se retrouver en haut de la paroi. Mendes et les huit Indiens choisis pour leur robustesse et leur agilité lui emboîtèrent le pas, emportant avec eux la corde tressée.

Une fois parvenus au sommet de la cataracte, ils purent embrasser l'horizon et admirer le paysage. En bas, près de la retenue d'eau, le piano faisait comme un point blanc au milieu de la jungle verte. Après avoir repris leur souffle, les Indiens amarrèrent la corde autour d'un arbre et se dirigèrent vers Rodrigues qui se tenait debout sur le surplomb rocheux.

– Maintenant, dit le colonel, nous allons fabriquer un treuil.

– Un treuil ? fit Mendes, étonné. Mais de quelle manière ? Et avec quoi ?

– Voilà comment nous allons procéder.

Le colonel leur expliqua son plan.

– Un surplomb constitue l'endroit idéal pour agir et faire monter le piano jusqu'à nous. Avec un treuil, il sera alors plus aisé de soulever une telle masse.

Suivant scrupuleusement les explications techniques du colonel, les Indiens coupèrent un tronc d'arbre qui constitua le corps principal du treuil et fixèrent des branches en croix à chaque extrémité. Puis, dans la foulée, ils plantèrent dans le sol un dispositif de troncs d'arbres assemblés en croix de Saint-André pour servir de support au cylindre, autour duquel ils enroulèrent le bout du cordage.

– Voilà, il n'y a plus qu'à actionner le treuil et la corde s'enroulera autour du tronc, arrachant le piano du sol. Avec mon système de suspension, la nacelle restera stable. Pour plus de sécurité, Amazone prendra place près du piano et l'empêchera de frotter le long de la paroi rocheuse.

– Qui va actionner le treuil ? demanda Mendes.

– Quatre Indiens de chaque côté. Cela devrait suffire. Cerveza restera en bas pour diriger les opérations et nous dire si une difficulté se présente.

– J'espère que vous savez ce que vous faites, dit Mendes.

– C'est la seule façon de faire monter ce piano jusqu'ici, rétorqua Rodrigues.

Pendant ce temps, en contrebas de la cascade, Amazone, Cerveza et les deux Indiens restants firent glisser la nacelle et le piano sur des rondins et l'amenèrent juste au-dessous du surplomb rocheux, à quelques mètres des chutes.

– Vous pouvez commencer, colonel, hurla Cerveza en levant les yeux au ciel.

Le musicien s'installa alors sur la nacelle afin de s'assurer que le piano était stabilisé et que les aspérités de la roche n'allaient pas l'endommager.

En haut, les Indiens actionnèrent le treuil et aussitôt la corde commença à s'enrouler autour du cylindre.

– Ça va, là-haut ? hurla Cerveza.

En retour lui parvint la voix grave du colonel.

– Pour l'instant, ça peut aller. Mais ça irait

mieux si Amazone jouait un air pour nous donner du cœur à l'ouvrage.

– Je veux bien, répondit le musicien. Mais seulement si c'est du jazz.

– Du jazz, bien sûr.

Car, pour Amazone Steinway, jouer du jazz dans la jungle amazonienne, c'était se produire dans la plus belle et la plus grande cathédrale du monde. Une cathédrale vivante de chair et de sang, un lieu dont les vitraux sont découpés dans le soleil et où le son porte plus haut que les nuages pour monter jusqu'à Dieu.

Peu à peu, tandis que du piano s'envolaient des notes de jazz, la nacelle s'élevait le long de la paroi, montant par à-coups. Conjuguant leurs efforts, les huit Indiens faisaient tourner le cylindre à l'aide des croisillons de bois. Un tour, un deuxième, un troisième enfin et ils récupéreraient quelques secondes en exhalant l'air de leurs poumons. Les veines saillantes de leurs bras et leurs visages congestionnés démontraient toute la difficulté que requérait un tel exercice. Malgré le mécanisme du treuil, ils peinaient terriblement. A cela, deux raisons principales : le poids du piano, de la nacelle et du passager ; et l'inclinaison trop faible de la roche qui obligeait la nacelle à frotter contre la paroi, ce qui freinait considérablement l'ascension. Pourtant, en dépit de toutes ces difficultés, le piano s'élevait dans les airs. Et Amazone Steinway, imperturbable, jouait. Il ne savait s'il faisait cette chose incongrue – jouer de la musique en gravissant une chute d'eau – pour Carmen, pour les Indiens ou pour lui-même, mais il se prêtait au jeu et s'en sortait admirablement. Déjà il pensait à Esmeralda et à la sensation étrange qu'il allait procurer à ses habitants lorsque, flanqué de ses compagnons, il pénétrerait au cœur du village en jouant du piano. Car il savait qu'il n'arrêterait plus de jouer, même là-haut, même parvenu au sommet de la cataracte. C'était une idée qu'il venait de caresser et qu'il n'abandonnerait pas. Même si le colonel et Cerveza devaient protester, même si Mendes et les Indiens allaient le haïr jusqu'à la fin des temps, il ne quitterait plus cette nacelle avant le terme du voyage. Avant de parvenir là où le piano devait aller. A Esmeralda.

Parce que ce qu'il désirait, c'était finir ce voyage comme il l'avait commencé.

En musique.

Soudain, la corde s'immobilisa. Les Indiens eurent beau insister, le treuil était bloqué.

– Que se passe-t-il en bas ? hurla Mendes.

Aucune réponse.

– Sans doute la nacelle est-elle coincée quelque part, dit Rodrigues. Je vais aller voir.

Il se pencha au-dessus du surplomb et aperçut le piano, dix mètres plus bas, accroché à un arbuste. Amazone Steinway, apparemment indifférent à ce qui se passait autour de lui, continuait à jouer. Malgré le bruit des chutes d'eau, la musique parvenait jusqu'aux oreilles du Brésilien.

– Alors ? demanda Mendes.

Le colonel revint sur ses pas et annonça :

– La nacelle est immobilisée. Il faudrait freiner le tambour du treuil et relâcher un peu la tension de la corde pour avoir une chance de repartir.

– Vous croyez que cela va débloquer la nacelle ?

– Je n'en sais rien, répondit Rodrigues d'une voix glacée, mais je ne vois pas autre chose à faire pour nous tirer de là. Il reste dix mètres. Dix petits mètres. Bon Dieu, ça vaut la peine de se bouger les fesses.

Sans plus attendre, comprenant que le colonel était à deux doigts de passer sa rage sur le premier venu, Mendes alla quérir un pieu et tenta de bloquer la machine. N'y parvenant pas, il demanda de l'aide à deux des Indiens qui actionnaient le cabestan du côté gauche.

– Tenez bon.

Les deux autres s'arc-boutèrent, aidés dans cet effort par les quatre hommes situés à l'autre extrémité du treuil.

– Maintenant, ordonna le colonel, toujours penché au-dessus du vide, lâchez peu à peu.

La corde se mit à glisser lentement le long de la roche. Sans aucun résultat. La nacelle n'avait pas bougé d'un millimètre.

– Merde, hurla Rodrigues, qu'est-ce qui se passe ?

Entêté, il décida de continuer la manœuvre.

– Allez-y. Donnez encore un peu de mou. Doucement. Tout doucement.

Mendes coordonna l'opération et la corde se déroula sur une longueur de plusieurs dizaines de centimètres. Cette fois la nacelle fit une embardée sur le côté, mais ne se débloqua pas pour autant.

– Arrêtez ! s'époumona le colonel. Arrêtez ou vous allez faire chavirer le piano.

Rodrigues, comprenant que sa tactique n'était pas la bonne, décida de faire machine arrière.

– Remontez tout. Il faut tendre la corde pour parer à toute éventualité. Ensuite, nous verrons ce qu'il faut faire.

Mendes allait exécuter les ordres du colonel quand l'arbuste qui retenait la nacelle cassa net. Aussitôt, le poids de la nacelle et du piano l'emportèrent et la machine s'emballa. Le cylindre se mit à tourner à une vitesse folle et le cordage se déroula sans plus pouvoir s'arrêter.

– Attention ! hurla le colonel.

Mais il était trop tard.

Rodrigues, voyant cela, eut un sursaut d'orgueil et de désespoir. Il saisit la corde à deux mains, tentant de retenir la nacelle qui dévalait le long de la paroi. Il fut aussitôt emporté par le mouvement et précipité dans le vide.

En contrebas, Amazone Steinway comprit aussitôt ce qui se passait. Dès que la nacelle se mit à chuter, il devina que tout était fini, irrémédiablement fini, et que lui et le piano allaient disparaître à jamais dans les remous du fleuve, emportés par les tourbillons de la grande cascade.

Étrangement, il n'en ressentit aucune peur, ne formula aucune crainte. Tout en jouant une dernière fois du piano blanc, il sut qu'il allait enfin rejoindre celle pour qui il avait entrepris ce voyage et qui se nommait Carmen Avila.

Et c'était bien ainsi parce qu'il lui tardait de la revoir et de lui raconter ce qu'il avait entrepris pour elle.

Simplement par amour.

Lorsqu'on repêcha son corps, le colonel avait encore les yeux ouverts, comme s'il avait voulu regarder la mort en face. Ses mains, que le frottement du cordage avait affreusement brûlées, n'étaient plus que deux lambeaux de chair à vif.

Sa dernière folie avait eu raison de lui.

Quant au corps d'Amazone Steinway, on ne le retrouva jamais. Sans doute fut-il emporté par le fond ou bien entraîné par le débit du fleuve qui fut son tombeau.

Cerveza, hébété, resta longtemps à scruter la surface de l'eau, espérant voir resurgir le piano et le musicien. Mais rien de tel ne se produisit.

Le seul phénomène étrange qu'il perçut, ce fut un air de musique, un son pur et cristallin qui, lentement, s'élevait des eaux tourbillonnantes comme une musique funèbre.

VII

Le rêve

Ainsi naquit la légende du piano blanc.

Là, dans le labyrinthe de la forêt vénézuelienne, aux confins du Pérou, de l'Équateur, du Brésil et d'un monde pétri de rêve, de magie et de solitude. Depuis ce jour, on raconte que, parfois, un air de musique s'élève des eaux et descend lentement le cours du Cassiquiare jusqu'au Rio Negro, puis rejoint l'Amazone.

Certains Indiens prétendent qu'ils ont vu, au clair de lune, un radeau glisser lentement sur le fleuve. Sur ce radeau, il y avait un piano blanc. Un piano blanc de marque Steinway. Un piano dont l'odyssée ne se terminera jamais. Et, sur la rive, ils jurent qu'une femme contemplait tout cela en silence, son beau regard sombre tourné vers l'horizon.

On dit encore que ce piano blanc pleure des

larmes de musique, parfois si abondantes qu'elles font déborder le fleuve de son lit. Et ceux qui ont entendu ces notes magiques, assure-t-on, ne pourront jamais les oublier car elles sont un don d'amour.

On raconte aussi que le piano blanc joue dans l'autre monde, celui des rêves, des secrets et des dieux.

Et dans cette jungle d'Amazonie qu'il ne quittera jamais plus, les notes de musique montent parfois dans le ciel et se changent en flocons de neige.

C'est, dit-on, le piano blanc qui rêve.

DU MÊME AUTEUR

Aux Éditions Albin Michel

L'APICULTEUR, 2000, prix del Duca 2001, prix Murat 2001.

SAGESSE ET MALICES DE CONFUCIUS, LE ROI SANS ROYAUME, 2001.

OPIUM, 2002.

BILLARD BLUES, 2003.

Aux Éditions Arléa

NEIGE, 1999.

LE VIOLON NOIR, 1999.

*Composition I.G.S.-Charente Photogravure
et impression Bussière Camedan Imprimeries
en janvier 2004.*

N° d'édition : 22193. – N° d'impression : 036177/1.
Dépôt légal : février 2004.
Imprimé en France.